D1619639

Bilder von Ingrid Schneider

KATHERINE
ALLFREY

Die Drei
aus der
weißen Schachtel

Cecilie
Dressler
Verlag
Berlin

© 1972 Cecilie Dressler Verlag, Berlin
Einband und Illustrationen: Ingrid Schneider
Gesamtherstellung: H. Stürtz AG, Würzburg
Printed in Germany
ISBN 3 7915 0126 7

1

Ein Dachboden kann der herrlichste Ort auf der Welt sein – oder der langweiligste.

Wenn er der herrlichste Ort der Welt sein soll, dann ist er noch so recht von der alten Art. Er ist sehr geräumig, und dazu hat er allerlei Ecken und Winkel, die wie Höhlen geheimnisvoll hinter Kaminen und Mauervorsprüngen warten. Man kann die Sparren sehen und die bräunliche Unterseite der Dachpfannen, die auf ihnen ruhen. Es gibt Stützbalken, um die man herumgehen muß, und waagerechte Balken, an die man mit dem Kopf stößt, wenn man sich nicht rechtzeitig duckt.

Die Fenster sind in die Dachschräge eingesetzt, und das ist sonderbar: Fenster über einem, nicht vor einem. Aber es sind ja nur Luken. Darum ist immer nur halbes Licht hier oben.

Alles, was in den Jahren im Hause überflüssig geworden ist, alles, was nicht mehr gebraucht wird, findet auf dem Dachboden seine letzte Zuflucht. Großtante Charlottes uralter Schaukelstuhl steht neben einem sehr gebrechlichen Tischchen und auf dem Tischchen die letzte Petroleumlampe. Sie ist aus Messing, sie hat eine rosa Glaskuppel mit einem Rand aus weißen Glaskräuseln. Einen Stuhl mit stark geschweiften Beinen gibt es, aber er hat nur noch drei, und daneben einen Papageienkäfig. Das Lorchen oder der Koko, die darin gewohnt haben, sind längst vergessen.

Bilder lehnen da, das Gesicht gegen die Wand gekehrt. Kästen und Koffer und Hutschachteln sind aufgestapelt. Wer weiß, was in ihnen steckt? Es ist viele Jahre her, seit jemand darin gestöbert hat. Eine Uhr, die nicht mehr geht. Die große Spielzeugkiste und eine weiße Schachtel darauf. All das im Dämmerlicht auf dem alten Dachboden, und in den Winkeln die tiefen Schatten – oder was es sein mag. Nur durch die Luke fällt manchmal ein Sonnenstrahl, in dem die Staubpünktchen golden auf und nieder tanzen.

Aber der langweiligste Ort auf der ganzen weiten Welt ist so ein Dachboden, wenn keine Kinder mehr im Hause sind. Jedenfalls ist er es für das, was sich in der weißen Schachtel auf der großen Spielkiste befindet.

Und was befindet sich in der weißen Schachtel auf der großen Spielkiste?

Drei kleine Tiere.

Sie liegen schon so lange darin und warten, daß jemand kommt und sie holt. Aber niemand ist gekommen, nie hat jemand mit ihnen gespielt, sie sind nagelneu. Sie haben lustige Köpfe mit blanken Augen, sie haben auch jeder zwei Pfoten. Und dann kommt nichts mehr als eine Art Plüschsack wie ein großer Faust-

6

handschuh, in den eine Hand schlüpfen kann, und wenn es eine solche Hand gäbe, dann würden die drei Tiere beweglich werden: Jiffy, das Äffchen, Herr Schmitz, der Fuchs, und Bonzo, der kleine braune Hund.

Nein, nicht Bonzo. Das klingt viel zu erwachsen, mit diesem gewichtigen, tiefen O am Ende. Dieses O steht ihm nicht, und es kommt ihm auch nicht zu. Ein Bonzo ist er noch nicht, er ist weiter nichts als ein kleiner dummer Bonzi.

Die drei liegen also in ihrer Schachtel, immer noch nagelneu, und langweilen sich gräßlich. Meistens schlafen sie. Was können sie auch anderes tun? Zu erzählen haben sie sich längst nichts mehr. Im Anfang haben sie einander oft gefragt, wie lange sie wohl eingeschlossen bleiben müßten und wo die Kinder blieben, die mit ihnen spielen sollten. Aber die Kinder kamen nicht, und die armen Tiere haben langsam alle Hoffnung aufgegeben. Sie dämmern nun endlos vor sich hin wie all die anderen nutzlosen Dinge auf dem Dachboden.

Und wohnt sonst niemand dort oben?

Doch. Der Gerümpelzwerg.

Der kommt nachts zum Vorschein, zwischen zwölf und eins. Dann zieht er seine Runde und sieht überall nach dem Rechten.

Sehr bedächtig geht er von einem Stück zum anderen, er läßt keines aus. Er tippt an das Pendel der alten Uhr, so daß es hin und her schwingt, oder er zieht sein buntes seidenes Schnupftuch und reibt ein wenig am Tischbein, ob sich nicht doch noch etwas Glanz hervorlocken läßt. Ein Bild ist zu Boden geglitten, das hebt er auf und lehnt es an die Wand. Schließlich steigt er in den Papageienkäfig und setzt sich ein Weilchen auf die Schaukel darin. Er schaukelt nicht, dazu ist er zu alt. Ein kleiner uralter Mann mit einem krausen weißen Bart, – der mag nicht mehr schaukeln.

Oft steht er lange unter einer der Dachluken und schaut nach oben, in das bleiche Licht, das der Mond hineinschickt.

Alle paar Nächte klettert er auch an der Spielzeugkiste hoch und horcht an der weißen Schachtel wie an einer Wand. Es ist still in der weißen Schachtel.

„Sie schlafen", murmelt der Gerümpelzwerg. Und er verschwindet wieder, schneller als eine Maus, die in ihr Mauseloch fährt.

2

Aber vorvorgestern vor einem Jahr (das ist nämlich genau der Zeitpunkt, wo diese Geschichte anfängt), da war es nicht still in der weißen Schachtel. Es winselte darin, ganz leise. Der Gerümpelzwerg hielt sein Ohr etwas länger daran als gewöhnlich. Wahrhaftig, es winselte darin.

Er setzte sich neben die Schachtel, um zu warten, bis das Winseln aufhörte. Es hörte aber nicht auf. Es wurde lauter und immer kläglicher. Da beschloß er zu handeln, denn er konnte es nicht mehr anhören. Er klopfte an die Pappwand.

„Wer weint denn da drinnen?" fragte er.

„Ich", wimmerte eine betrübte kleine Stimme.

„Wer ich?" forschte der Gerümpelzwerg weiter.

„Bonzi", sagte eine andere Stimme. Die klang auch nicht gerade fröhlich. Sie gehörte Herrn Schmitz, dem Fuchs. Bonzi hatte aufgehört zu jammern und verhielt sich still.

„Und warum weint Bonzi?" erkundigte sich der Gerümpelzwerg.

„Wegen der Motten", sagte Herr Schmitz. „Es ist uns dreien ganz übel wegen der Motten."

10

Eine dritte Stimme plapperte etwas dazwischen, aber davon verstand der Gerümpelzwerg kein Wort.

„Das war Jiffy", erklärte Herr Schmitz. „Wenn er aufgeregt ist, redet er in der Affensprache. Unsere Sprache vergißt er dann. Ich verstehe ihn selber nicht, sonst würde ich dir sagen, was er schnattert."

Der Fuchs war immer höflich und hilfreich, denn er hieß nicht nur wegen seiner schneeweißen Weste Herr Schmitz. Auch wegen seiner guten Manieren. Er fuhr fort: „Ich glaube, Jiffy sagt ebenfalls, ihm sei schrecklich übel. Wegen der Motten, verstehst du?"

„Nein", antwortete der Gerümpelzwerg, „ich verstehe gar nichts. Was habt ihr bloß mit euren Motten?"

„Unsere Motten sind es nicht!" rief es in der Schachtel, sehr entrüstet.

Und dann ergriff Herr Schmitz wieder das Wort.

„Wir haben keine Motten", sagte er, „wenigstens bis jetzt noch nicht. Aber seit gestern sind welche in der Schachtel. Wir haben solche Angst, sie legen uns ihre häßlichen Eier ins Fell, und aus den Eiern werden Maden, die fressen uns Löcher ins Fell, und aus den Maden werden wieder Motten, und die legen wieder Eier, und aus den Eiern werden wieder –" Hier ging Herrn Schmitz der Atem aus, und Bonzi fing jämmerlich an zu heulen, mit einem ganz tiefen Stimmchen. Jiffy schnatterte ungeheuer schnell in der Affensprache dazwischen.

Der Gerümpelzwerg sagte erst einmal gar nichts. Er

dachte nur: Da muß Rat geschaffen werden. Schon saß er oben auf der weißen Schachtel und knüpfte den Knoten auf, denn ein Bindfaden hielt den Deckel fest. Dann stieg er wieder nach unten und stemmte den Deckel hoch, stieß ihn weg und konnte nun die drei Tiere anschauen. Da lagen sie und guckten ihn ängstlich an: Jiffy, der Affe, Herr Schmitz, der Fuchs, und Bonzi, der kleine dumme Hund.

Der Gerümpelzwerg hatte Augen wie die Eulen und konnte in der Nacht besser sehen als am Tage. Bonzi lag obenauf, den besah er sich zuerst.

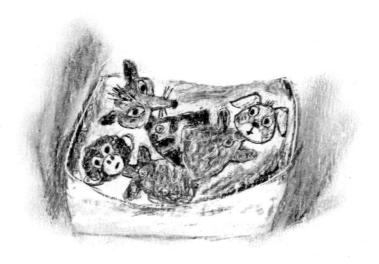

„Sieh mal an", sagte er, „was haben wir denn hier?"
Er griff nach einem grünen Schildchen, das an Bonzis
Hals hing, und las, was darauf geschrieben stand. „Ihr
mit euren Motten", murmelte er. Er lachte ein bißchen, aber nicht spöttisch. „Wißt ihr denn nicht, daß
ihr mottenfest seid? Euch kann keine Motte etwas
anhaben."

„Wirklich nicht?" fragte der kleine Bonzi mit großen runden Augen.

„Wirklich nicht?" fragten auch Jiffy und Herr
Schmitz. Es klang schon sehr erleichtert.

„Wirklich und wahrhaftig nicht", versicherte der
Gerümpelzwerg. „Aber ich will doch nachsehen, ob
ihr anderen beiden auch solche Schildchen habt." Er
richtete Bonzi auf, so daß er mit den Pfoten über dem
Schachtelrand hing, und sah bei Jiffy und Herrn
Schmitz nach. Ja, auch sie hatten grüne Schildchen,
und es stand dasselbe darauf.

Das war also in Ordnung, aber der Gerümpelzwerg
wußte, daß sonst noch längst nicht alles in Ordnung
war. Die drei Tiere kamen ihm sehr kümmerlich vor.
Das konnte er auf seinem Dachboden nicht dulden, er
mußte für Abhilfe sorgen. Er half auch Herrn Schmitz
und Jiffy auf, dann setzte er sich zu ihnen und fragte
freundlich, was ihnen denn fehle.

„Es ist so langweilig hier", heulte Bonzi sofort los.
Damit kam alles ins Rollen, und der Gerümpelzwerg
mußte anhören, wie langweilig es in der weißen
Schachtel war, bis ihm die Ohren überliefen. Er wurde

aber kein bißchen ungeduldig. Nur wußte er leider nicht, was gegen die Langeweile zu tun sei, denn er selbst langweilte sich nie.

Schließlich bat er die drei Tiere, sich noch etwas zu gedulden und alles ihm zu überlassen. Er würde sie nicht vergessen. Aber jetzt mußte er wirklich gehen, die Turmuhr schlug schon halb zwei! Es war unerhört, daß er noch hier saß.

„Verlaßt euch auf mich", sagte er. „Ich weiß jemanden, der uns helfen wird. Nur bis zum nächsten Vollmond müßt ihr warten. Schlaft gut! Ich wecke euch, wenn es Zeit ist."

Damit bettete er die drei zurück in die Schachtel, zog den Deckel darüber und knüpfte den Bindfaden lose wieder zusammen. „Gute Nacht, schlaft recht gut", wünschte er noch einmal, und im nächsten Augenblick war er verschwunden, viel schneller als eine Maus in ihr Loch fährt.

Aber in der Schachtel wurde es noch lange nicht still. Die drei vergessenen Tiere hatten endlich einmal etwas erlebt, und sie hatten nun etwas Hoffnung auf bessere Zeiten und sehr viel mehr Mut. Und keine Angst mehr vor Motten! Das mußten sie einander sagen, und sie sagten es viele Male und immer wieder, bis sie doch einschliefen, ganz plötzlich. Bonzi zuerst, dann Jiffy. Herr Schmitz hielt noch ein wenig länger aus. Er dachte darüber nach, wann es Vollmond sein würde.

Ob es lange dauern mochte bis dahin?

3

Es dauerte nicht allzulange. Nur fünf Tage und Nächte, und der Mond stand voll und rund am Himmel.

Der Gerümpelzwerg war schon erschienen. Sonst sah er immer ein bißchen staubig aus, aber heute hatte er sich fein gemacht. Sein Röckchen war glattgestrichen, seine Schuhe glänzten, und die Spinnweben hatte er aus seinem Bart gekämmt. Nun öffnete er die Schachtel und half den drei Tieren sich aufzusetzen. Dabei ermahnte er sie: Sehr, sehr artig und bescheiden müßten sie sein – aber, fügte er sofort freundlich hinzu, das wären sie wohl von Natur.

Nun saßen sie brav in einer Reihe. Links Jiffy, rechts Bonzi, und in der Mitte Herr Schmitz. Erwartungsvoll sahen sie den Gerümpelzwerg an, der sich zu einer der Dachluken begeben hatte. Er hob den Finger.

„Jetzt", flüsterte er. „Still!"

Durch die Luke fiel ein Mondstrahl, und in seinem bläulichen Licht stand ein Wesen, schlank und silbern und schimmernd schön.

Der Gerümpelzwerg verbeugte sich tief, sein rotes Hütchen in der Hand.

16

Das zauberhafte Wesen lächelte. „Nun, mein alter Getreuer", fragte es, „warum hast du mich heute so dringlich gerufen? Das hast du lange nicht getan."

Es war die Mondfrau, die nur bei Vollmond auf die Erde kommt, und wohin sie tritt, da wird alles hell und gut.

Der Gerümpelzwerg verneigte sich nochmals tief und zeigte auf die weiße Schachtel.

Die Mondfrau ging hinüber und sah, was darin war. „Drei liebe Tiere", sagte sie und strich mit den kühlen Fingern sanft über die drei Plüschköpfchen. Jiffy, Bonzi und Herr Schmitz hielten ganz, ganz still, und sie waren in dem Augenblick unbeschreiblich glücklich.

„Aber was ist denn das?" fragte die Mondfrau erstaunt. Sie blickte genauer hin. „Haben sie keine Leiber?"

„Nein, es sind Handpuppen", erklärte der Gerümpelzwerg. „Die Menschenkinder spielen damit. Man steckt die Hand in dieses Säckchen – so –, die Finger in den Kopf und die beiden Arme – so –, man bewegt die Finger, und die Puppen können nicken und in die Hände klatschen und einander die Ohren zausen und Gespräche führen. Das Menschenkind muß ihnen die Stimme dazu leihen, natürlich."

„Ach – so ist das", sagte die Mondfrau beeindruckt. „Was den Menschenkindern nicht alles einfällt! Und wer spielt hier mit ihnen? Du etwa?"

Der Gerümpelzwerg breitete seine Finger aus und zwinkerte mit den Augen. „Viel zu kleine Hände", sagte er.

Die Mondfrau lachte leise. „Dann muß ich es wohl

18

tun", meinte sie heiter. Sie hob Jiffy aus der Schachtel und fügte ihre Finger in seinen Hals und in die Arme. Da konnte Jiffy die Arme schwenken und einen Diener machen, noch schöner als der Gerümpelzwerg. Die andere Hand der Mondfrau schlüpfte Herrn Schmitz in Hals und Pfoten, und nun hielten die beiden einen kleinen Schwatz.

„Es ist doch ein trübseliges Leben hier auf dem Dachboden, kleiner Jiffy", klagte der Fuchs, und die Mondfrau machte ihre Stimme richtig fuchsig für ihn.

Jiffy nickte heftig und wischte sich eine Träne aus dem Auge. Die Mondfrau besorgte einen tiefen Seufzer dazu.

„Das ist es ja!" rief der Gerümpelzwerg voll Mitgefühl. „Das ist es, was ich dir sagen wollte, aber du weißt schon, wo es fehlt, wie immer. Kannst du ihnen helfen?"

„Ein wenig helfen bestimmt", sagte die Mondfrau. „Kommt, ihr kleinen betrübten Seelen." Sie ließ sich auf der Kiste nieder und legte die drei Tiere in ihren Schoß. „Nun sagt mir, womit euch am ehesten geholfen wäre."

Jiffy und Herr Schmitz blickten vertrauensvoll in das schöne helle Gesicht, das sich so freundlich über sie neigte. Jeder wartete darauf, daß der andere zu reden anfing. Aber der kleine dumme Bonzi wartete nicht und redete auch nicht. Er ließ seine rosa Flanellzunge aus dem Maul schlüpfen und leckte der Mondfrau zärtlich das Knie.

„Bonzi!" riefen die beiden anderen vorwurfsvoll.

„Jetzt redet aber", mahnte der Gerümpelzwerg, der sich das Lachen verbeißen mußte.

Daran hatten sie vorher nicht gedacht, daß sie zu diesem hohen und himmlischen Wesen auch sprechen müßten. Aber es ging ganz leicht, sie brauchten keine Scheu vor der Mondfrau zu haben.

„Wenn wir zu Kindern dürften", bat Herr Schmitz, und Jiffy und Bonzi sahen flehentlich zu ihr auf.

Ach, sie schüttelte den Kopf.

„Nur in der Nacht kann ich euch aus eurer Schachtel herauslassen", erklärte sie, „und nachts liegen die Kinder alle in ihren Betten."

„Ja, wenn wir wenigstens manchmal aus dieser Schachtel heraus dürften", meinte Herr Schmitz, „das wäre schon viel."

Die Mondfrau dachte nach. „In jeder ersten Vollmondnacht", bestimmte sie schließlich, „soll mein alter Freund hier euch aus der Schachtel lassen. Ihr dürft draußen laufen und spielen, soviel ihr wollt. Aber ehe es Tag wird, müßt ihr alle drei wieder in der Schachtel sein. Versprecht ihr mir das?"

Die drei Tiere, sehr verwundert, versprachen es.

„Und damit ihr laufen und spielen könnt", fuhr die Mondfrau fort, „sollt ihr in der Nacht ganz vollständige Tiere sein, mit allem, was dazu gehört: Rücken und Bauch und Beine und Schwanz. Ist es so recht?"

Ob es so recht war! Es war viel, viel mehr, als die drei Tiere erwartet oder auch nur gehofft hatten. Sie waren stumm vor Glück. Nur Bonzi mußte es ausdrücken, er konnte nicht anders. Er strebte mit seiner Zunge wieder nach dem himmlischen Knie.

Aber diesmal erreichte er es nicht. Die Mondfrau nahm seinen kleinen runden Kopf sanft zwischen ihre Hände, hob Bonzi hoch und ließ ihn fallen. Ehe er auch nur das kleinste bißchen erschrecken konnte, stand er schon neben ihr auf der Kiste – stand Bonzi, jawohl! Auf vier richtigen Hundebeinen.

Und er fühlte, daß er ein anderes Ende hatte, eins mit einem Stummelschwänzchen daran. Damit konnte er seine Freude wirklich ausdrücken und seine Überraschung auch. Diese Entdeckung begeisterte ihn so sehr, daß er nicht nur mit dem Stummelschwänzchen, sondern mit seinem ganzen kleinen Hinterteil wedelte. Dann sprang er an der Mondfrau hoch und bedankte sich stürmisch, und darauf überfiel er den Gerümpelzwerg. Dem fuhr er mit der Zunge über das ganze Gesicht, blitzschnell, und endlich hüpfte er von der Kiste auf den Boden und raste im Kreis herum, atemlos vor Freude und mit kleinen Biff-biff-Schreien.

Inzwischen hatte die Mondfrau auch Herrn Schmitz auf seine vier Füße fallen lassen. Da stand der Fuchs, schön und stark, rostrot und weiß. Seine lange, dichte Rute fegte leise über die Bretter der Spielkiste. Er war ein echter, rechter Fuchs, der im Wald geboren und aufgewachsen war, nur eben kleiner. Aber etwas größer als Bonzi war er doch.

Da Herr Schmitz kein Hund war wie Bonzi, konnte

er nicht vor Freude und Dankbarkeit tanzen und winseln und Leuten das Gesicht lecken. Darum ging er, nachdem er die ersten Schritte versucht hatte, auf die Mondfrau zu, langsam und würdevoll. Er setzte sich dicht vor ihr nieder und blickte mit leuchtenden Augen zu ihr auf.

„Was für ein schönes Tier du bist", sagte sie und streichelte ihn.

Nun war das Äffchen an der Reihe. Da ging alles ungeheuer schnell. So schnell, daß der Mondfrau beinahe, dem Gerümpelzwerg aber ganz und gar Hören und Sehen verging. In einem Augenblick hielt sie Jiffy an den Plüschärmchen – im nächsten schwang er sich von Dachbalken zu Dachbalken, wild schnatternd und gellende Pfiffe ausstoßend.

„Du liebe Güte", murmelte der Gerümpelzwerg hilflos.

Bonzi und Herr Schmitz drehten sich fast die Köpfe ab, während sie versuchten, Jiffy im Auge zu behalten. Was dieser Jiffy alles konnte! Zuletzt hing er an seinem langen Schwanz am Dachbalken, frei in der Luft. Er ließ sich leicht zu Boden fallen, lief auf allen vieren zu der Mondfrau hin und streckte seine beiden kleinen Hände zu ihr hinauf.

Freundlich bog sie sich zu ihm nieder und hob ihn empor. „Wie gut, daß du so klein bist, Jiffy", sagte sie lachend.

Jiffy schlang seine haarigen Ärmchen fest um ihren Hals und beteuerte in der Affensprache, wie lieb er sie habe. Dann sprang er zum Gerümpelzwerg hin und streichelte ihm den Bart, und er umarmte Bonzi und Herrn Schmitz und dann wieder die Mondfrau. Es war, als wären da drei Jiffys auf einmal.

Und die Mondfrau sagte: „Jetzt beginnt das erste Abenteuer."

4

Sie standen in der Mondnacht draußen, und es war Januar und sehr kalt. Jiffy fing schon an zu zittern, denn Kälte konnte er nicht vertragen.

„Wir wollen laufen, damit wir warm werden", schlug Herr Schmitz vor, „ganz gleich wohin."

Sie rannten los. Kein Mensch war zu sehen, alle steckten in ihren warmen Häusern. Aus der leeren Straße kamen die drei Tiere an einen freien Platz. Der lag etwas tiefer als die Straßen rundum, eine kleine Schräge führte auf jeder Seite zu ihm hinab. Hier hatten die Kinder der Nachbarschaft ihre Eisbahnen gebaut. Sie lagen wie lange dunkelgraue, gleißende Bänder im zertrampelten Schnee. Der Mond schien gerade auf sie hin. Zwischen diesen blanken Bändern bewegte sich etwas, eine dunkle Gestalt.

„Guckt doch mal, da ist ein Mensch", rief Bonzi erfreut.

„Ein kleiner", fügte Herr Schmitz hinzu. Er hielt sich vorsichtig im Hintergrund.

Jiffy sagte nichts. Ihm war kalt.

Bonzi besann sich nicht lange. Der Mensch da drüben war ein kleiner Junge, und ein Hund und ein kleiner Junge, das wußte Bonzi, gehörten zueinander. Er tanzte zu dem Jungen hin.

Die beiden anderen folgten, aber etwas langsamer. Sie wollten ja sehr gern ein Abenteuer erleben, aber sie trauten sich nicht recht heran. Immerhin, der Junge schien sehr nett zu sein. Er streichelte Bonzi immer wieder, ja, nun hockte er sogar im Schnee und nahm ihn in die Arme. Und als dann auch noch ein Fuchs und ein Äffchen dazukamen, war er erst recht glücklich.

Denn es war diesem Jungen, der Karlheinz hieß, ziemlich unheimlich geworden, es war fast zum Fürchten und so einsam, allein auf dem leeren Spielplatz. Er hätte längst zu Hause sein sollen, wie alle anderen Kinder. Karlheinz wäre auch viel lieber zu Hause gewesen als hier im Freien unter dem hohen Himmel und dem weißen Mond. Gerade des Mondes wegen war er aber draußen geblieben.

Das hing so zusammen: Er war einem der großen Jungen, die am Nachmittag auf der Eisbahn gespielt hatten, in den Weg geraten, und der hatte ihn grob von der Bahn geworfen. Daraufhin schnitt Karlheinz ihm ein Gesicht, ein ganz greuliches. Karlheinz war der beste Gesichterschneider in seiner Klasse, und das wollte etwas heißen. Jedoch der große Grobian hatte gesagt: „So bleib nur bei, bis der Mond aufgeht. Dann bleibt dir das Gesicht so stehen!"

Der ältere Junge ahnte nicht, was er damit angerichtet hatte. Er war längst zu Hause und aß Kartoffelpuffer. Alle anderen Jungen und Mädchen waren auch daheim und aßen Reisbrei oder dicke Erbsensuppe oder Nudeln mit Pflaumen. Nur Karlheinz war noch draußen, ganz allein und schrecklich hungrig.

Aber er mußte auf den Mond warten. Er wollte herausfinden, ob es wahr sei – daß einem das Gesicht so stehen bleiben würde, wenn der Mond es sah. Nur dauerte es endlos lange, bis der Mond kam! Und dann hatte er ganz umsonst gewartet. Es war nicht wahr, was der große Junge ihm gesagt hatte. Karlheinz wußte das bestimmt, denn er hatte dem Mond seine greulichsten Fratzen geschnitten, und der hatte sich nicht im geringsten darum gekümmert. Karlheinz hatte immer noch sein eigenes Gesicht.

Auf einmal war ihm eingefallen, daß er nun viel zu spät nach Hause kommen würde. Seine Mutter würde sehr ärgerlich sein. Und sein Vater erst! Karlheinz hatte Angst, er wagte einfach nicht heimzugehen.

Jetzt aber – wie gut, daß er noch hiergeblieben war. Sonst hätte er diesen allerliebsten kleinen Hund nicht getroffen. So ein hübscher Hund, so zutraulich. Und gleich darauf kamen noch zwei Tiere. Ein zweiter Hund (denn Karlheinz hatte noch nie einen Fuchs gesehen, er hielt Herrn Schmitz für eine Art Spitz) und ein leibhaftiges Äffchen. Ein Äffchen, das bitterlich fror und ihm sofort unter den dicken Wintermantel kroch.

„Ja, wo kommt ihr denn her?" rief Karlheinz, selig und neugierig zugleich. „Seid ihr aus dem Zoo oder vom Zirkus?"

26

Bonzi und Herr Schmitz erklärten ihm sofort, daß sie weder vom Zoo noch vom Zirkus wären, aber er verstand natürlich kein Wort. Etwas dagegen verstand er sofort: daß diese drei Tiere seine Spielkameraden sein wollten. Bonzi griff einen alten Schneeball auf, den legte er Karlheinz vor die Füße, wedelte mit dem Stummelschwänzchen und kläffte herausfordernd. Sofort fing Karlheinz an, Schneebälle zu werfen, Bonzi und Herr Schmitz, mit hellem Jagdgeschrei, sausten den Bällen nach. Sie versuchten, sie im Maul aufzufangen, und besonders Herr Schmitz zeigte sich sehr geschickt darin. Von drei Schneebällen fing er mindestens zwei. Bonzi aber zappelte hierhin und dahin, schoß über seinen Ball hinaus oder sprang zu kurz, und wenn er doch einmal rechtzeitig am rechten Fleck ankam, kriegte er den Schneeball eher auf seine stumpfe Boxernase als ins Maul. Als Karlheinz das merkte, machte er ganz leichte lockere Bälle, die landeten genau auf Bonzis Schnauze und zerplatzten — der Schnee puderte Bonzis dunkles Gesicht über und über weiß. Es war großartig. So schön und so lustig hatte Karlheinz noch nie gespielt.

Jiffy, der sich unter dem Mantel fest an ihn klammerte, bekam schließlich auch Lust, mitzuspielen. Karlheinz nahm seinen langen gestrickten Schal ab und wickelte Jiffy hinein. Nun waren sie zwei gegen zwei, denn Jiffy war ungeheuer fix im Schneeballdrehen. Und er konnte auch sehr gut zielen. Nur fand er das weiße Zeug elend kalt; er schnitt die jämmer-

lichsten Gesichter, so eifrig er auch damit hantierte.

Karlheinz fiel etwas Neues ein. Er wollte seinen drei Spielkameraden beibringen, wie man auf einer Eisbahn gleitet. Jiffy allerdings war entschieden dagegen, er hatte ja keine festen Lederstiefel an den Füßen wie Karlheinz. Aber der Junge nahm ihn auf die Schulter, und schon schlitterten sie kühn die glasglatte Bahn entlang, so schnell, daß Jiffys Schalenden flogen.

Herr Schmitz begriff sofort, daß ein solches Glitschen und Rutschen nichts für Vierbeiner sei. Aber Bonzi dachte nicht einen Augenblick lang daran, daß er zu viele Beine hatte, für ein solches Vergnügen jedenfalls. Außerdem konnte er auch gar nicht bis vier zählen.

Hell kläffend stürzte er Karlheinz nach – aber was geschah denn da mit ihm? Seine Vorderpfoten fuhren auseinander! Die eine hierhin, die andere dahin. Seine Hinterbeine konnten auf diesem merkwürdigen Boden auch nichts ausrichten. Sie blieben irgendwie

zurück. Oder kamen sie doch mit? Vielleicht waren sie ihm schon voraus? Bonzi wußte gar nichts mehr, nur daß er unheimlich schnell vorwärts kam, anscheinend auf seinem Kinn.

Am Anfang der Eisbahn lachte Herr Schmitz über ihn, an ihrem Ende Karlheinz, und Jiffy schnatterte aufgeregt dazwischen. Doch das störte Bonzi nicht. Er raffte seine vier Beine zusammen, sobald er spürte, daß die Welt nicht mehr unter ihm wegrutschte, und sprang auf. Aber da lag er schon wieder mit weit gespreizten Beinen am Boden, Jiffy schwang sich von Karlheinz' Schulter und lief sicher und flink zwischen den Bahnen zu Bonzi hin. Mit seinen eiskalten kleinen Händen half er ihm auf, und Bonzi stand endlich wieder auf den Füßen. Er schüttelte sich vergnügt und tanzte im Schnee herum: So ein bißchen Hinfallen machte ihm nichts aus.

Ehe Jiffy seinem großen Freund wieder auf die Schulter springen konnte, hörten alle vier eine Stimme rufen, sehr laut und ganz in der Nähe.

„Karlheinz!" rief diese Stimme immer wieder. „Karlheinz, wo bist du?"

„Hier, Vater, hier bin ich", gab der Junge froh zurück.

Ein Mann kam um die Ecke und lief auf sie zu. Aber da waren die drei Tiere schon verschwunden.

Am anderen Morgen hing der warme Schal, den Karlheinz Jiffy geliehen hatte, an der Tür seines Hauses, sorgfältig um die Klinke gewunden.

5

Der Gerümpelzwerg war noch da, als Jiffy, Bonzi und Herr Schmitz heimkehrten. Natürlich wartete er auf sie, denn er mußte die weiße Schachtel wieder zubinden, wenn die drei Tiere sich hineingelegt hatten. Außerdem wollte er zu gerne hören, ob sie ein Abenteuer erlebt hätten.

Alle drei stürzten auf ihn zu und überschrien einander:

„Wir haben Schneeball gespielt!"

„Ich kann Schneebälle auffangen!"

„Aber Jiffy kann Schneebälle w e r f e n !"

„Ich bin auf einer Eisbahn gefahren – ich bin gar nicht bange auf der Eisbahn."

„Es war kalt, und Karlheinz hat Jiffy in den Schal gewickelt."

„Karlheinz ist ein Mensch, aber genauso nett wie wir –"

„Gar nicht sehr anders –"

Dem armen alten Gerümpelzwerg wirbelte der Kopf. „Ruhe, Ruhe!" bat er inständig.

Aber so schnell konnten Jiffy, Bonzi und Herr Schmitz sich nicht beruhigen. Erst als sie sahen, daß der Zwerg sich nicht nur die Ohren zuhielt, sondern auch die Augen schloß – denn das Äffchen und der kleine Hund hüpften vor ihm auf und ab wie Gummibälle –, erst dann nahmen sie sich zusammen.

„So, nun erzählt, und zwar schön der Reihe nach", sagte der Zwerg und nahm die Hände von den Ohren. Im Grunde freute er sich wirklich mit, nur war er eben sehr alt und konnte so viel Lebhaftigkeit nicht mehr ertragen.

Er setzte sich bequem hin, und die Tiere drängten sich um ihn. Jiffy mit einem Arm zärtlich um seine Schulter, Bonzi, so dicht es irgend ging, aber Herr Schmitz saß ihm gegenüber, denn er sollte das Wort führen. So bekam der Gerümpelzwerg das ganze

Abenteuer brühwarm zu hören: Wie sie drauflosge-
laufen waren, um warm zu bleiben, wie sie Karlheinz
gefunden hatten, der sich nicht heimzugehen getrau-
te. Wie sie wunderschön mit ihm gespielt hatten, wie
– und wie – und wie –

„Nur ich hab' ihm das Glitschen nachgemacht", erklärte Bonzi stolz.

„Aber ich konnte Schneebälle mit dem Maul fangen, und du konntest es nicht", behauptete Herr
Schmitz ebenso stolz.

Jiffy schnatterte lebhaft in der Affensprache, besann sich darauf, daß niemand ihn verstehen konnte,
und erzählte auf verständlichere Weise, er hätte in
Karlheinz' Mantel warm gesessen, und das hätten die
anderen beiden nicht getan.

„Ja, ja", begütigte der Gerümpelzwerg. „Ich höre
es schon: Ihr habt alle drei viel Spaß gehabt, der eine
wie der andere. Ich hoffe nur", fuhr er nachdenklich
fort, „daß euer Karlheinz nicht am Ende noch tüchtige
Schläge gekriegt hat! Denn es war sehr unartig von
ihm, daß er nicht rechtzeitig heimgegangen ist."

Die drei Tiere blickten ihn bestürzt an. „Meinst du
wirklich, daß er Schläge gekriegt hat?" fragte Bonzi
bänglich.

„Möglich ist es", meinte der Zwerg. „Eltern können sehr böse werden, wenn ihre kleinen Söhne sich
bis spät in die Nacht hinein herumtreiben."

„Aber nein", erklärte Herr Schmitz, „so war es ja
nicht. Karlheinz ist bestimmt kein Herumtreiber."

Jiffy sagte nichts, er rang nur angstvoll seine Hände. Seine kleinen dunklen Augen sahen den Gerümpelzwerg bekümmert und trostsuchend an.

Der hatte eben geredet, wie alte und vernünftige Leute zu reden pflegen. Als er sah, daß die ganze helle Fröhlichkeit um ihn herum auf einmal wie ausgeblasen war, tat es ihm leid. Er versuchte eilends, es wiedergutzumachen. „Wißt ihr was", schlug er vor, „ihr drei geht jetzt ruhig in eure Schachtel und legt euch schlafen. Morgen nacht frage ich die Mondfrau, wie es Karlheinz ergangen ist, und sage euch Bescheid, ja?"

Die drei waren zufrieden und sprangen in die weiße Schachtel. Sobald sie darin waren, verschwanden die Leiber und die Beine und die schönen Schwänze. Die Plüschsäckchen waren wieder da. Aber die Tiere merkten diesen Wechsel gar nicht, so schnell waren sie eingeschlummert.

Nach all der Freude und Aufregung schliefen sie so fest, daß der halbe Monat vorbei war, ehe der Gerümpelzwerg sie wachbekam.

Er hatte ihnen Gutes zu berichten, nämlich, daß Karlheinz wohl gehörig Schelte, aber keine Prügel bekommen hätte.

„Seine Eltern waren viel zu froh, daß sie ihn heil wiederhatten", bemerkte er trocken.

Bonzi, Jiffy und Herr Schmitz fanden das sehr verständlich. Sie stöhnten erleichtert und schlaftrunken. Sie machten sofort ihre drei Paar Augen wieder zu.

34

6

Ein paar Stunden vor Vollmond wurden sie wach und konnten es auf einmal nicht mehr abwarten, bis das nächste Abenteuer anfing. Sie zappelten vor Ungeduld, wenn man es zappeln nennen kann bei solchen Plüschsäckchen. Selbst Herr Schmitz vergaß seine Würde. Er sagte, es sei seines schönen buschigen Schwanzes wegen. Auf den freute er sich besonders.

„Ich habe auch einen Schwanz", rief Bonzi aufgeregt, „ich freue mich auch auf meinen Schwanz!"

„Auf das Stummelchen?" sagte der Gerümpelzwerg, der endlich gekommen war und den Deckel von der weißen Schachtel nahm.

„Jawohl", antwortete Bonzi stolz.

Und schon standen sie draußen auf der Straße im Mondlicht. Das zweite Abenteuer konnte beginnen.

Es war noch immer bitter kalt, und sie rannten sofort los, um warm zu bleiben. Während sie liefen, sagte Herr Schmitz: „Wir sollten versuchen, ein Abenteuer in einem Haus zu erleben. Für Abenteuer im Freien ist es viel zu kalt. Sonst friert uns noch die ganze Abenteuerlust ein."

Bonzi und Jiffy waren einverstanden, aber wie

sollten sie in ein Haus hineinkommen? Alle Häuser waren fest verschlossen, und die meisten waren dunkel.

Nun wurden die Häuser schon spärlicher. Bald standen sie nur noch vereinzelt, und schließlich lag das letzte vor ihnen. Ein kleines niedriges war es, ganz für sich in einem tiefverschneiten Garten. Ein Fenster gleich neben der Tür war noch hell, und aus dem hohen Schornstein kräuselte sich eine schöne, gerade Rauchfeder empor.

Die drei waren eben dabei, sich dieses Haus von außen genau anzusehen, da blitzte etwas durch die

Dunkelheit, so geschwind wie eine Sternschnuppe,
aber nicht so golden. Sofort verbargen die Tiere sich
unter einem dichten Busch und zwei kleinen Tannen,
denn was da durch die Luft gefahren kam, schien gerade vor ihnen landen zu wollen, hier in diesem Garten. Es war eine Hexe aus dem fernen Land Wales,
das konnte jeder sogleich an ihrem hohen Hut erkennen.

„Puh, ist das heute kalt hier", sagte die Hexe, als
sie vom Pferd – das heißt von ihrem Besen – stieg.
Dabei geriet viel Schnee in ihre Schnallenschuhe, das
mochte sie nicht. Sie lehnte den Besen an die Haus-
wand und klopfte leicht an die Tür, auf eine beson-
dere Weise.

Gleich darauf öffnete sich die Tür, und eine alte, uralte Frau stand auf der Schwelle. Sie war eine gute, weise Frau, und die kleine Hexe aus Wales kam gern zu Besuch zu ihr, wenn das Wetter klar war.

„Je später der Abend, desto schöner die Gäste", rief die weise Frau erfreut. „Komm herein, mein Kind. Der Ofen glüht richtig, und die Bratäpfel sind eben gar." Damit zog sie ihren Gast ins Haus und schloß die Tür. Der Besen blieb draußen stehen.

„Ja so was", knurrte Herr Schmitz erstaunt. „Ich wußte gar nicht, daß es die noch gibt."

„Die noch gibt?" wiederholte Bonzi. Er hatte alles mit angesehen, begriff aber keine Spur davon.

„Hexen", erklärte Herr Schmitz. „He, Jiffy, was machst denn du?"

Jiffy war zu dem Besen hinübergeturnt, er zerrte an ihm, bis er in den Schnee fiel. Dabei schnatterte er lebhaft, und seine Kameraden, Herr Schmitz sowohl als auch Bonzi, legten aufmerksam die Köpfe schief. Etwas wie ein spitzbübisches Lachen erschien auf Herrn Schmitz' roter Maske. Er verstand, was Jiffy vorhatte.

„Los, Bonzi!" rief er und schlüpfte aus seinem Versteck heraus.

Auch Bonzi kam hervor, er war beinahe noch schneller bei Jiffy als Herr Schmitz.

Es war ein großer Reiserbesen, der da vor ihnen im Schnee lag, noch kein bißchen abgenutzt, denn die Hexe benutzte ihn nie zum Fegen. Das war gut, denn

38

Bonzi und Herr Schmitz konnten sich ja nicht auf seinen Stiel setzen wie Jiffy. Sie mußten hinaufkrabbeln und sich festklammern so gut es ging. Jiffy zog den Zügel an und schnalzte leise. Das Ding wurde lebendig und hob sich mit ihnen in die Höhe – sie flogen über das Dach hinweg, so still und sacht wie das schönste Segelflugzeug.

Aber auf einmal schien der Besen zu merken, daß ihn nicht der rechte Reiter lenkte. Er stand sofort stockstill, hoch oben in der Luft. Und dann fing er an zu bocken. Ja, dann fing er an zu bocken, daß den drei Abenteurern Hören und Sehen verging.

Oben tanzten die Sterne, unten tanzten die Bäume und Büsche. Bonzi wenigstens kam es so vor, und Herrn Schmitz nicht viel anders. Alles tanzte, aber nur eine Minute lang – länger konnten ein Fuchs und ein kleiner Hund sich nicht auf so einem bockenden Hexenbesen halten.

Bonzi heulte laut auf, denn nun kamen ihm die weiße Welt und ein dichter Wald ungeheuer schnell entgegen. Krach! landete er in einer hohen Buche. Knacks! landete auch Herr Schmitz. Wie die Eichhörnchen fuhren sie von Ast zu Ast, nur konnten sie sich nicht aussuchen, welcher Ast der nächste sein sollte, wenn der letzte sie losließ. Das war das Unangenehme dabei, sie ließen nicht den Ast los, sondern der Ast ließ sie los. Und es ging so furchtbar schnell! Schon lagen sie tief im Schnee.

Hoch droben in den Lüften zeterte und schnatterte es gewaltig. Dort hing Jiffy immer noch mit beiden Armen und beiden Beinen, sogar mit dem Schwanz festgeklammert am Besenstiel. Der Besen stand bald aufrecht in der Luft, wie sonst in seiner Ecke, bald umgekehrt, mit dem Reisigende oben. Der arme Jiffy wurde herumgeschwenkt, als ob er ein Wetterfähnchen wäre. Es war nur gut, daß er ein Affe war. So

40

war es ihm gleich, ob er kopfoben oder kopfunten hing. Nur wußte auch er nicht, was kam. Das wußte nur der Besen, und auch der nicht genau. Er mußte viel zu heftig bocken und tanzen.

Und noch jemand tanzte. Das war die walisische Hexe drunten auf dem Gartenpfad. Es war ihr bald aufgefallen, daß draußen etwas nicht stimmte, und sie war hinausgelaufen, um nach ihrem Besen zu sehen. Wie aufgebracht sie war! Voller Ärger sprang sie im tiefsten Schnee umher, und es war ihr ganz egal, wieviel davon in ihre Schnallenschuhe kam. Beide Fäuste schüttelte sie und rief etwas Walisisches zu dem Besen hinauf, das sprudelte von lauter Ll und W und Ff. Denn daraus besteht die walisische Sprache größtenteils.

Der Besen verstand diese Sprache. Er fuhr sofort zu seiner Herrin hinunter, gehorsam wie er war. Jiffy mußte natürlich mit, denn er hing immer noch fest an seinem Stiel. Kaum berührte aber der Besen den Boden, flog Jiffy auch schon der Hexe um den Hals, so völlig außer sich war er vor Schrecken.

Die Hexe wußte nicht, wie ihr geschah und was es war, das da plötzlich an ihrem Halse hing und jammervolle Laute ausstieß. Die weise Frau stand im Lichtschein ihrer offenen Tür und besah sich das Bild. So hatte sie lange nicht gelacht. Sie mußte sich die Augen wischen, denn vor lauter Lachen kamen ihr die Tränen. Sie faßte sich aber bald und holte ihren lieben Gast ins Haus, mitsamt dem Affen. Den Besen nahm sie auch mit und stellte ihn fürsorglich in den Hausflur; da lehnte er, und man konnte ihm richtig ansehen, wie abgehetzt und verstört er war.

Drinnen in der Stube, in der es hell und warm war, wurde Jiffy zuerst beruhigt und dann ausgefragt. Dabei holte die weise Frau trockene Strümpfe und ihre schönen neuen Pantoffeln für die walisische Hexe, damit sie nicht in ihren nassen Schuhen bleiben mußte. Sie zog sie dankbar an, und ihre Schnallenschuhe stellten sie zum Trocknen an den warmen Kachelofen.

Plötzlich kratzte und scharrte es an der Tür, und als die weise Frau aufschloß, standen zwei unglückliche Gestalten davor, beide in einer dicken Kruste von

Schnee. Sehr bescheiden baten sie um ihren Jiffy. Sie wollten so etwas bestimmt nicht wieder tun, versprachen sie.

Die weise Frau öffnete weit ihre Tür: „Kommt nur herein und wärmt euch! Jiffy trinkt Pfefferminztee. Wollt ihr auch Pfefferminztee?" Damit führte sie Bonzi und Herrn Schmitz zuerst in ihre Küche, wo sie ihnen den Schnee aus dem Fell klopfte, und dann in die kleine gemütliche Stube.

Aller Ärger, aller Schrecken waren vergessen. Die ganze Gesellschaft setzte sich behaglich an den Kachelofen und verspeiste Bratäpfel oder Wurstzipfel und einen feinen Schinkenknochen, je nachdem, was man am liebsten mochte. Herr Schmitz und Bonzi fraßen keine Bratäpfel, das wußte die weise Frau.

Und sie erzählten. Jiffy und Herr Schmitz erzählten von ihrem Dachboden und Bonzi von Karlheinz. Die kleine Hexe erzählte von dem Land Wales, in dem die Dörfer und Städte und Berge und Seen die merkwürdigsten Namen haben, alle aus Ll und Ff und W und Y und Dd zusammengesetzt. Sie versuchten, ihr solche Namen nachzusprechen, und wurden sehr lustig dabei. Und die walisische Hexe erzählte von Irland, wo es Kobolde gab, Leprechauns geheißen, die Töpfe voll Gold hüteten, und von der Insel Man, auf der die Katzen keine Schwänze hätten – so jedenfalls behauptete sie. Sie war weit in der Welt herumgekommen, das war klar. Und sie sah so hübsch aus, daß selbst die Tiere sie immerzu anschauen mußten.

Unter ihrem hohen Hut trug sie eine weiße Haube und zu ihrem dunklen Wollkleid eine weiße Schürze: Das war die alte Tracht im Lande Wales. Den weiten roten Umhang hatte sie abgelegt; wenn sie den trug und die blanken Schuhe mit den Silberschnallen daran, war sie die hübscheste Hexe, die man sich vorstellen kann. Denn sie war noch gar nicht alt, sie hatte ein glattes frisches Gesicht und fröhliche Augen.

„Im Sommer", sagte sie, „wenn das Wetter schön warm ist, dann müßt ihr mich besuchen."

Mit dem Besen war man ja schnell drüben im Land Wales.

Die weise Frau hörte freundlich zu und nickte mit ihrem weißen Kopf. Sie meinte, einen so angenehmen Abend hätte sie lange nicht erlebt. Aber gerade da schaute ein lichtes, liebliches Gesicht ins Fenster: die Mondfrau. Sie winkte den drei Tieren mahnend, denn es war spät geworden.

„Höchste Zeit", rief Herr Schmitz erschrocken, und auch die walisische Hexe sagte, sie müsse aufbrechen. Es schwirrte von „Schönsten Dank" und „Gute Nacht" in dem kleinen Hausflur, und die weise Frau gab vielmals „Gute Nacht" zurück und fügte „Glückliche Reise" hinzu – sie alle sollten bitte bald wiederkommen, das würde sie wirklich freuen.

Die kleine Hexe brachte ihre drei neuen Freunde auf dem Besen heim, denn wenn sie sich auch leicht furchtbar ärgern konnte, sie hatte ein gutes Herz. Und gefällig war sie auch.

7

Nun war es März, und sobald Bonzi, Jiffy und Herr Schmitz ins Freie kamen, schlug ihnen eine ganz neue Luft entgegen. Sie war feucht und noch kühl, aber nicht unfreundlich. Herr Schmitz zog sie begierig ein.

„In den Wald, in den Wald!" rief er, und schon rannte er davon.

Die beiden anderen folgten ihm langsamer. Sie blickten sich verwundert um. Was für eine Welt fanden sie auf einmal? Was früher weiß gewesen war, das war jetzt dunkel, und was hart gewesen war, war plötzlich weich. Und wie viele Gerüche es gab in so einer Märzwelt.

Bonzi trödelte, er mußte jeden Busch, jeden Stein, jedes alte Büschel Gras untersuchen. Jiffy turnte derweil in einem Haselstrauch herum, bis sein kleines dunkles Gesicht gelb gepudert war mit all dem Haselkätzchenstaub.

„Nun kommt doch endlich", rief Herr Schmitz, der wieder zurückgerannt kam.

„Warum?" fragte Bonzi. „Hier ist es doch auch schön." Er hatte ein Mauseloch entdeckt und fing eifrig an zu scharren und zu graben. Herr Schmitz sah ihm nachdenklich zu. Er verspürte auch Lust, nach Mäusen zu graben; schon kratzte er, daß die Erde nur so flog. Jiffy, der sich nicht erklären konnte, was seine Kameraden trieben, sprang vom Haselstrauch herunter und beugte sich neugierig vor. Ein wahrer Sprühregen von Sand und kleinen Steinen fuhr ihm ins Gesicht. Er fauchte. Mit beiden Händen packte er Herrn Schmitz' schönen buschigen Schwanz und zog, so stark er ziehen konnte.

Zornig fuhr Herr Schmitz herum. Wieso wagte einer, ihn am Schwanz zu ziehen? Aber da sah er Jiffys Gesicht, ganz mit Erde verschmiert, und war gleich nicht mehr böse. Auch Bonzi kam aus dem nun schon ziemlich tiefen Loch hervor. Es tat ihm herzlich leid, daß er Jiffy den Dreck ins Gesicht geschleudert hatte. Schnell wusch er ihn mit seiner rosa Zunge wieder sauber.

Wenn es je eine Maus in diesem Loch gegeben hatte, so war sie inzwischen längst durch eine andere Tür entwichen. Bonzi und Herr Schmitz gaben es auf, weiter nach ihr zu graben. Einträchtig wanderten sie mit Jiffy weiter, genau zwei Minuten lang. Dann sprang ein Hase vor ihnen auf und floh feldeinwärts. Bonzi setzte ihm augenblicklich mit kleinen schrillen Jagdrufen nach, und auch Herr Schmitz war im Nu auf und davon, um dem Hasen den Weg abzuschneiden. Jiffy stand wieder allein da.

Es gefiel ihm gar nicht auf dem Feld. Mißmutig

hockte er sich auf einen flachen Stein, wickelte sich in seinen langen Schwanz und starrte vor sich hin, immer auf denselben Fleck. Er guckte schärfer hin – noch schärfer – und dann griff er blitzgeschwind zu. Und nun saß ein überglücklicher Jiffy auf dem Stein und wiegte in seinen Armen das Hasenkind, das in der Ackerfurche gelegen hatte. So etwas Weiches, Warmes, Lebendiges, das liebte Jiffy. Zärtlich schnupperte er an den Hasenöhrchen, bewundernd strich er über das daunenzarte Fell.

Das Hasenkind hielt still. Es war noch zu jung und unerfahren, um sich zu fürchten. Auch war Jiffy ein Tier wie das Häschen selber, nur eben eine sehr sonderbare Art von Tier. Doch es tat ihm ja nicht weh und behandelte das Häschen sanft und behutsam. Es ließ sich darum ruhig halten und wiegen, es schnuffelte nur leise mit seiner beweglichen Nase. Sonst regte es sich nicht.

Herr Schmitz und Bonzi tauchten wieder auf. Sie waren müde, abgehetzt und atemlos.

Der Hase war ihnen mit Leichtigkeit entkommen, und zwar gleich am Anfang ihrer Jagd. Sie waren aber lange Zeit kreuz und quer über die Äcker und Wiesen in der Nähe gerannt, denn sie glaubten bestimmt, daß sie den Hasen wiederfinden würden. Schließlich mußten sie aber doch einsehen, daß es mit der Jagd aus sei. Jiffy fiel ihnen ein, den sie in ihrer Aufregung völlig vergessen hatten, und sie kehrten um.

Aber wie staunten Bonzi und Herr Schmitz, als sie

statt ihres lustigen kleinen Freundes ein wildes Wesen vorfanden, das böse mit den Zähnen fletschte und
nichts von ihnen wissen wollte. Dieser neue Jiffy ließ
sie nicht einmal an sich herankommen. Behende

schwang er sich in den Haselstrauch, kletterte so hoch es irgend möglich war, und drohte ihnen selbst von da oben immer noch. Wenn dieser Haselstrauch eine Palme gewesen wäre, eine mit Kokosnüssen daran – wahrhaftig, er hätte mit Kokosnüssen nach ihnen geworfen.

„Was ist bloß mit ihm los?" fragte Bonzi verstört.

„Hör nur, wie er schreit", sagte Herr Schmitz. „Er schimpft uns aus."

Beide riefen immer wieder: „Jiffy, wir sind's doch, Schmitzchen und Bonzi! Kennst du uns nicht mehr? Komm bitte herunter!"

Aber Jiffy dachte nur daran, daß unten zwei Tiere lauerten, Tiere, die lieber Wurstzipfel fraßen als süße Bratäpfel. Solchen Geschöpfen war nicht zu trauen. Er mußte sein Häschen vor ihnen schützen, das war sein einziger Gedanke.

Es wurde sehr hell um den Haselstrauch, und die Mondfrau stand vor ihnen. Sie versuchte, streng auszusehen. Doch es gelang ihr nicht, sie war viel zu licht und schön, aber traurig sah sie aus.

„So also führt ihr euch auf", sagte sie zu Bonzi und Herrn Schmitz. „Ein-, zweimal lasse ich euch aus eurer Schachtel heraus, und ihr benehmt euch wie die Wilden. Wie könnt ihr meine gute alte Häsin so hetzen? Zum Glück ist sie viel klüger als ihr, sonst wäre es jetzt aus mit ihr. Wenn dich jemand so hetzen wollte – eine ganze Meute von Jagdhunden, mein kleiner Schmitz!"

Bonzi und Herr Schmitz ließen tief die Köpfe hängen. Sie wagten nicht aufzublicken.

„Schämt ihr euch nicht?" fragte die Mondfrau vorwurfsvoll.

„Doch", antwortete Herr Schmitz. „Doch, ich schäme mich sehr. Sei aber bitte Bonzi nicht böse. Er ist noch klein, er weiß es nicht besser."

Bonzi kroch auf dem Bauch zu den Füßen der Mondfrau hin, er weinte und winselte. Es tat ihm bitter leid, daß er die Häsin gehetzt hatte.

„Dann soll euch verziehen sein", lenkte die Mondfrau ein. Sie rief zu Jiffy hinauf: „Komm herunter, Jiffy. Du brauchst sie nicht mehr zu fürchten."

Jiffy gehorchte sofort. Willig gab er das Hasenkind her, nur paßte er genau auf, als sie das kleine Tier wieder in die Ackerfurche setzte, genau auf den Fleck, wo Jiffy es gefunden hatte. Anscheinend war er zufrieden, denn er schnatterte leise und freundlich in der Affensprache.

Die Mondfrau strich dem Häschen über den Kopf, ganz leicht. Da vergaß es, daß es je mit einem Affen hoch im Haselstrauch geschwebt hatte.

Hinter den Brombeerranken am Rain ragten zwei lange Ohren. Das war die Hasenmutter, die wieder zu ihrem Kind wollte. Jiffy, Bonzi und Herr Schmitz bemerkten sie nicht, nur die Mondfrau sah sie.

„Flink heim in die weiße Schachtel", sagte sie. „Und wenn ihr noch einmal so etwas anstellt, bleibt ihr für immer darin. Merkt euch das!"

50

8

Bonzi und Herr Schmitz waren sehr schweigsam und bedrückt auf dem Heimweg. Jiffy schnatterte immerzu von seinem Häschen. Er merkte gar nicht, daß seine beiden Kameraden nicht besonders lustig waren.

Sie dachten nämlich daran, daß der Gerümpelzwerg jedesmal auf sie wartete, wenn sie draußen waren, um sie ins Bett zu bringen, wie Bonzi es nannte. Dann war ihm nichts lieber, als den drei Abenteurern zuzuhören, wenn sie ihre Erlebnisse auskramten. Und sie erzählten ihm so gern – alles. Nur diesmal nicht. Es war nichts Gutes, was sie zu berichten hatten.

„Was wird er nur sagen, wenn wir mit so einer Geschichte ankommen?" sorgte Bonzi sich immer wieder.

„Wir könnten sagen, wir hätten nichts erlebt", meinte Herr Schmitz, „aber Lügen haben kurze Beine."

Alles, was Beine hatte, interessierte Bonzi lebhaft, seit er selber welche besaß. Als er aber erfuhr, daß Lügen keine Vierbeiner seien, sondern nur Unwahrheiten, ließ er sich gar nicht erst mit ihnen ein.

Herr Schmitz überlegte. „Ich könnte mir vielleicht ein anderes Abenteuer ausdenken, damit wir etwas zu erzählen hätten. Aber das ist ja auch nur ein Schwindel."

Bonzi wollte wissen, ob ein Schwindel etwas Besseres sei als die Lügen.

„Eigentlich nicht", mußte Herr Schmitz zugeben.

„Aber er hat längere Beine?" fragte Bonzi hoffnungsvoll.

„Auch nicht."

Ein Schwindel konnte ihnen also ebenfalls nicht helfen. Am besten war es, wenn sie ihre Missetat sogleich bekannten. Das war das Rechte, nur würde der gute Gerümpelzwerg heute nicht so herzlich lachen wie das letztemal, als sie ihm von dem Ritt auf dem Hexenbesen erzählten. Da waren seine Augen ganz klein geworden, mit lauter Fältchen an den Winkeln, und in seinem weißen Bart hatte sich jedes Löckchen gekringelt vor Vergnügen. Aber wenn er nun von der Mondfrau erfuhr, wie ungezogen sie gewesen waren, würde er traurig sein. Und vielleicht würde er sie nun nicht mehr leiden mögen.

„Vielleicht erzählt es die Mondfrau ihm gar nicht", versuchte Bonzi sich und seinem Freund Mut einzureden.

Herr Schmitz hatte seine Zweifel. „Wo sie sich doch schon so lange kennen? – Oh, Jiffy, hör doch mal einen Augenblick mit deinem Geschnatter auf."

Es war sein schlechtes Gewissen, das ihn so knurrig

machte. Das Äffchen schwieg sofort, aber es blieb auf dem Wege stehen und blickte ihn hilflos an. Jiffy konnte so traurig aussehen, wenn er sich hilflos fühlte, daß jeder sich grausam vorkam, der es verursacht hatte. Auch Herr Schmitz kam sich sehr gemein und herzlos vor und wollte deshalb nichts lieber, als Jiffy wieder froh machen. Und er hatte einen großartigen Einfall.

„Wißt ihr was?" rief er begeistert. „Wir lassen heute Jiffy erzählen! Das wird dem Gerümpelzwerg sehr viel Spaß machen. Vom Häschen, Jiffy, und wie du's gefunden hast. Und wie du geglaubt hast, wir wollten ihm etwas zuleide tun, und mit ihm in den Haselstrauch geklettert bist –"

„Ja, und wie komisch Jiffys Gesicht war von all dem gelben Zeug da oben", fiel Bonzi ihm in die Rede. Glücklich tanzte er um die beiden anderen herum, voller Freude, weil sie einen Ausweg aus ihrer Sorge entdeckt hatten. Auch Herr Schmitz war sehr erleichtert.

Jiffy wußte sich vor Stolz kaum zu lassen. Wie ein Star schwatzte und plapperte und pfiff er, während sie über die Dächer turnten.

„Vergiß nur nicht, eine vernünftige Sprache zu sprechen", warnte Herr Schmitz, ehe sie durch ihre Dachluke schlüpften. „In der Affensprache nimmt deine Geschichte sich gewiß besonders gut aus. Aber was hat der Gerümpelzwerg davon?"

Darüber mußten sie alle drei lachen, Jiffy am meisten. So waren sie denn scheinbar sehr heiter, als sie auf dem Dachboden anlangten.

Doch ihre Heiterkeit hielt nicht lange an.

Bonzi begann zuerst, sich Sorgen zu machen.

„Wenn die Mondfrau uns nun doch nicht mehr aus der Schachtel läßt?" flüsterte er, kaum daß sie wieder darin lagen.

Jiffy zeterte erschrocken. An so etwas auch nur zu denken! Aber Herr Schmitz hatte genau dieselbe Befürchtung. Nur hatte er sie nicht aussprechen mögen. Und jetzt kam Bonzi damit heraus!

„Nein, nein, woher denn", versuchte er die beiden Ängstlichen zu beruhigen. „Sie hat ja gesagt, wenn so etwas noch einmal vorkäme. Und wir sind doch in unserer Schachtel, wir können gar nichts anderes tun als brav sein."

Das leuchtete Bonzi ein. Aber eine Viertelstunde später fing er wieder an zu winseln, ganz leise.

„Was hast du denn jetzt?" fragte Herr Schmitz, der endlich schlafen wollte.

„Ach nichts. Nur − wenn die Mondfrau uns nun doch nicht −"

„Bonzi", sagte Herr Schmitz mit viel Geduld, „ich hab' dir's doch erklärt."

„Ja, Schmitzchen. Wenn sie nun aber −"

„Jiffy läßt sie aus der Schachtel", warf Jiffy, gedankenlos wie immer, dazwischen. „Jiffy war brav."

„Na, ich weiß nicht", meinte Herr Schmitz. „Warst du wirklich so brav? Ist das brav, ein Hasenkind steh-

54

len und es oben in den Haselstrauch schleppen? Und was hast du uns eigentlich alles zugeschrien? Lauter Schimpfwörter! Gekratzt und gebissen hättest du obendrein, wenn wir dir und deinem Hasenkind näher gekommen wären. Nennst du das vielleicht brav?"

Damit war die Reihe an Jiffy, kleinlaut zu werden und artig zu schweigen. Das war für ihn das klügste, und er tat es. Eine Weile waren alle drei still.

Dann winselte Bonzi wieder, sehr jämmerlich.

„Bonzi!" sagte Herr Schmitz, dem die Geduld knapp wurde. „Was ist denn bloß heute mit dir los?"

Zuerst kam keine Antwort. Das Winseln hörte auf. Aber dann begann es wieder, noch lauter als zuvor.

„Bonzi!" riefen Herr Schmitz und Jiffy aufgebracht.

„Ich weiß nicht, was mit mir los ist", heulte Bonzi verzweifelt.

„Du bist eine wahre Plage", schimpfte Herr Schmitz.

„Haben Plagen auch kurze Beine?" erkundigte sich Bonzi, dadurch von seinem Schmerz abgelenkt.

„Nein. Genauso lange Beine wie du", knurrte Herr Schmitz.

Bonzi war mit einem Schlag wieder vergnügt. „Hast du das gehört, Jiffy?" fragte er. „Ich bin eine wahre Plage."

Jiffy schnatterte neidisch.

„Laß nur, Jiffy", tröstete der Fuchs gutmütig, „du bist auch eine Plage. Und nun gebt endlich Frieden."

Das taten sie, und es wurde ruhig in der weißen Schachtel.

9

So lang war ihnen die Zeit bis zum nächsten Vollmond noch nie geworden. Und dann war die ganze
Angst unnötig gewesen.

Die Mondfrau dachte gar nicht daran, ihre drei kleinen Tiere mit Gefängnis zu bestrafen. Sie kam sogar
selber, um sie aus der Schachtel zu lassen.

„Lauft in den Wald", sagte sie, „und spielt recht
schön! Es ist schon richtig Frühling dort. Nachher
erzählt ihr dem Gerümpelzwerg vom Frühling im
Wald."

Sie versprachen es voll Dankbarkeit. Sie liefen auf
dem kürzesten Weg in den Wald, und unterwegs hielten sie sich nicht ein einziges Mal auf.

Aber wie ganz anders zeigte der Wald sich ihnen
heute! War es denn derselbe, in den Bonzi und Herr
Schmitz damals hineingefallen waren, von dem bok-
kenden Hexenbesen? Doch, das war er, nur jetzt kein
schlafender Winterwald mehr, sondern ein Frühlingswald, sehr mit dem Aufwachen beschäftigt. Darum
war es auch um diese späte Stunde nicht still. Es wuchs
und grünte und streckte sich an allen Enden.

Der April war in diesem Jahr so freundlich wie sonst

der Mai. Er hatte sich bisher kein bißchen launisch gezeigt, und Frost hatte es allein in den ersten Nächten noch gegeben, nur ganz leichten Frost. So war alles viel früher wach als in anderen Jahren und weiter voran. Alle kleinen Blätter waren überglücklich, daß sie aus ihren engen Knospen heraus durften, sie wisperten und flüsterten selbst in der Nacht davon, wie sie morgen im Sonnenschein tanzen wollten.

Herrn Schmitz sprang fast das Herz vor Freude, als sie in diesem frohen Frühlingswald anlangten. Hier war das wahre Leben, hier war ein Fuchs zu Hause! Er warf sich mitten in die Buschwindröschen, er rollte auf seinen Rücken und wälzte sich. Bonzi eiferte ihm sofort nach. Aber Jiffy hüpfte hierhin und dorthin, er pflückte die kleinen Blumen, die im Mondlicht weiß aussahen, und untersuchte sie genau. Er brach einen Zweig mit blanken Knospen und roch daran, ehe er eine Knospe nach der anderen abpflückte und sie aufaß – und schließlich nagte er die Rinde von dem Zweig.

Bonzi und Herr Schmitz waren beide wieder auf ihre vier Beine gesprungen und liefen den Waldpfad entlang, immer ihren Nasen nach. Diese klugen Nasen konnten ihnen mit Bestimmtheit verraten, wer hier auf dem Pfad gegangen war. Stiefel – der Herr Förster oder ein Jagdgehilfe; scharfe kleine gekerbte Hufe – ein Reh. Hier ein Kaninchen. Dort ein Fasan. Durch das Gras war eine Katze geschlichen, erst vor kurzem. Und dann fanden sie auch noch eine Spur, eine größere, die sie und ihre klugen Nasen sich nicht erklären konnten. Sie führte durch ein dichtes Gebüsch und bog bald seitwärts ab.

Herr Schmitz hielt an, Kopf schief, den einen Vorderlauf erhoben, und dachte über diese Spur nach. Aber seine Überlegungen halfen ihm nicht. Auch als er am Ende seiner Klugheit angekommen war, wußte er weder, von wem die Spur stammte, noch ob es gut wäre, ihr zu folgen.

Inzwischen hatte Bonzi einen alten irdenen Krug gefunden, den vor langer Zeit Kinder beim Blaubeerensammeln vergessen hatten. Er steckte fast bis zur Hälfte im weichen Waldboden und war voll von Erde und dürren Blättern, aber Bonzi grub ihn aus. Er stieß mit der Nase daran. Der Topf geriet ins Rollen. Er kollerte den ziemlich steilen Hang hinab, bis er zu einer Art breiter Stufe kam, und dort blieb er liegen.

Das war lustig, so einen Krug trudeln. Bonzi sprang ihm nach. Die Stufe lag, ein Streifen sandiger Erde, vor einem großen dunklen Loch, und hier war auch wieder die fremde Spur. Bonzi hatte sie über dem neuen Spiel ganz vergessen, aber hier war sie mehrmals in den sandigen Boden gedrückt. Hier ging das geheimnisvolle Tier ein und aus.

Während Bonzi sich freute, weil er das ganz allein entdeckt hatte, brummte in dem dunklen Loch eine grobe Stimme: „Was soll denn das heißen? Wer rollt mir alte Töpfe vor die Tür?"

Und aus der Höhle schob sich ein schmaler schwarz und weiß gestreifter Kopf. Eine ziemlich dicke Nase schnüffelte. Dann kam das ganze Tier zum Vorschein. Ein schwerer dunkler Körper, kräftige Pfoten mit langen Grabkrallen: Ein alter Dachs.

„Hilfe, Schmitzchen, Hilfe!" schrie Bonzi. Er konnte sich vor Schreck nicht von der Stelle rühren.

„Schrei doch nicht so. Es frißt dich keiner", brummte der alte Dachs.

„Hier bin ich, hier bin ich", rief Herr Schmitz, der wild den Hang hinabfegte, Jiffy auf allen vieren hinter sich.

„Was haben wir denn hier?" fragte der alte Dachs verdutzt. Er setzte sich nieder, er kratzte erst sein rechtes Ohr, dann sein linkes. Ihm war immer, als stecke sein Kopf voller Spinnweben, wenn er nach langem Schlaf aufwachte, wie heute. Darum kratzte er, aber sein Kopf wurde davon nicht klarer. „Einen so kleinen Fuchs habe ich in meinem langen Leben noch nicht gesehen", meinte er. „Bist du überhaupt ein Fuchs? Und was ist das Ding da hinter dir?"

„Jiffy ist Affe", sagte ,das Ding da'. „Jiffy ist ein Affe aus Afrika."

„Ein Affe – aus Afrika", wiederholte der Dachs staunend. „Was es nicht alles gibt."

Jiffy fing eiligst an, alles aufzuzählen, was es in

Afrika gab: Elefanten, Löwen, Leoparden, Schlangen, Krokodile –

„Ach, nicht nur Affen? Warum heißt es dann Afrika?" unterbrach ihn der Dachs, der immer heftiger an seinen Ohren kratzen mußte, um mit Jiffy Schritt zu halten.

„Weil Elefantika zu lang wäre", erklärte Herr Schmitz kurz angebunden und fuhr fort: „Dies hier ist also Jiffy, und das da ist Bonzi. Ich heiße Schmitz, und ich bin ein richtiger Fuchs, aber kein wirklicher."

„Ein richtiger Fuchs, aber kein wirklicher", murmelte der arme Dachs nun völlig verwirrt. „Ich gebe auf."

„Ja, das tu du nur", stimmte Bonzi ihm freundlich zu. „Sag uns lieber, wie du heißt."

Der Dachs hieß Brock, er war der letzte Dachs in diesem Wald. „Sag mal", wandte er sich wieder an Herrn Schmitz, „wenn du kein wirklicher Fuchs bist und Bonzi, wie ich annehme, kein wirklicher Hund – dann könnten wir drei ja Freunde sein, und euer Affe aus Afrika mit dazu, nicht wahr?"

„Natürlich", riefen die drei aus der weißen Schachtel begeistert.

Daraufhin lud Brock sie in seine Höhle ein.

„Ich wollte eigentlich heute nacht mit dem Frühlingsreinemachen anfangen", erklärte er, „aber das kann bis morgen warten. Es ist ein bißchen unordentlich bei mir, das müßt ihr entschuldigen."

Er trottete ihnen voran, den Gang hinunter, der zu

einer geräumigen, trockenen Höhle führte. Sie war warm und weich ausgepolstert, mit dürrem Laub und Moos. Was immer der Dachs auch von Unordnung gesagt hatte, sauber und behaglich war sie doch. Aber er blieb dabei, sie war nicht, wie sie sein sollte, denn er war sehr für Reinlichkeit. „Frisches Bettzeug ist nötig", brummte er vor sich hin, „und neue Streu –"

„Weißt du was, Brock?" rief Bonzi. „Unsertwegen brauchst du deinen Hausputz nicht aufzuschieben. Wir machen ihn heute, alle miteinander, wir helfen dir dabei."

Das taten sie, und Brock freute sich. Er war ein uralter Dachs, seine Glieder waren schon recht steif, etwas Hilfe war ihm sehr willkommen. Jiffy schaffte die alten Polster nach draußen, und Herr Schmitz fegte mit seinem Schwanz die Höhle aus, während Brock und Bonzi oben im Wald neues Bettzeug zusammentrugen. Jiffy half dann beim Transport, und Herr Schmitz machte mit Brock das Lager zurecht, zweimal so dick wie vorher und schön locker.

„Ah, da werde ich heute gut schlafen", stöhnte Brock behaglich. Er rollte sich schon darauf zusammen. „Guten Morgen, Freunde! Kommt mich bald wieder besuchen."

Guten Morgen – war es schon so spät? Jiffy, Bonzi und Herr Schmitz waren noch nie so geschwind in die Stadt zurückgekommen wie in dieser April-Mondnacht. Gerade bevor der erste Schritt auf der Straße hörbar wurde, schlüpften sie in die Bodenluke hinein.

10

„Seht", sagte der Gerümpelzwerg, der längst Bescheid
wußte – durch Bonzi nämlich, der immer alles aus-
plaudern mußte –, „nun seid ihr diesmal nicht nur
brav gewesen, sondern habt sogar etwas Gutes getan.
Ist das nicht besser als Hasen jagen?"

„Besser wohl", gab Herr Schmitz zu. „Aber es macht
lange nicht soviel Spaß."

Bonzi fand das auch, nur Jiffy hatte nichts dazu zu
sagen. Er war in ein Spinngewebe geraten und ängstlich bemüht, das unangenehme Fadenzeug von seinem Gesicht zu klauben.

„Na", meinte der Zwerg, „es wird Zeit. Auf zum
nächsten Abenteuer, und viel Vergnügen!"

Schon huschten die drei über die Dächer, sprangen
vom letzten und niedrigsten leicht auf den Boden –
und da standen sie.

Was nun? Wohin?

„Zum Wald", schlug Herr Schmitz vor.

„Da waren wir letztes Mal und vorletztes Mal beinahe", sträubte sich Bonzi.

Jiffy widersprach auch.

„Wohin wollt ihr denn?" fragte Herr Schmitz.

„Zu Karlheinz", antwortete Bonzi. Soviel er auch erlebt hatte, er dachte immer noch an Karlheinz und das schöne Spiel im Schnee.

„Der schläft doch jetzt", wies Herr Schmitz ihn zurecht.

„Nicht aus der Stadt hinaus. In die Stadt hinein", plapperte Jiffy vor sich hin. „Nicht aus der Stadt hinaus, in die Stadt hinein, nicht aus der Stadt –"

„Was schwatzt der Jiffy da? Meinetwegen, versuchen können wir es", gab der Fuchs unwillig nach. Jiffy freute sich und streichelte ihm das spitze Gesicht mit seinen kleinen Händen.

Sie wanderten langsam die dunkle Gasse entlang.

„Ich weiß nicht – zwischen Häusern ist mir's nie so recht wohl", meinte Herr Schmitz. Er ließ seine Rute hängen und schaute mißtrauisch bald nach links, bald nach rechts. Nichts regte sich, nur am anderen Ende der Gasse schritt ein riesengroßer Polizist langsam auf und ab. Dem wollten sie lieber nicht begegnen, darum bogen sie in eine Seitengasse ein und noch einmal in eine andere, die unter einem großen Torbogen durchschlüpfte. Gleich dahinter, wie an den Zugang geklebt, stand ein schmales, hochgiebeliges Haus. Seine Tür war offen, und drinnen sang jemand.

„Sollen wir –?" wisperte Bonzi aufgeregt.

„Geh nicht sofort hinein", warnte Herr Schmitz. „Wer weiß, wessen Haus das ist. Setz dich lieber hier vor die Tür und weine wie ein kleiner Hund, der sich verlaufen hat."

64

Bonzi tat es mit viel Geschick, während die beiden anderen sich tief in den Schatten des Torwinkels drückten.

Das Singen hörte auf, ein Fenster wurde geöffnet. Ein junger Mann lehnte sich heraus und horchte.

„Fiep, fiep, fiep –", klagte Bonzi.

„Hundchen, Hundchen, komm her", lockte der junge Mann.

Bonzi bellte ganz hoch und kroch näher, damit der junge Mann ihn sehen konnte.

„Wahrhaftig, es ist ein kleiner Hund..." Der junge Mann ging zur Haustür, um das arme verlassene Geschöpf hereinzuholen. Aber da saßen jetzt drei Tiere.

„Nanu", sagte er. Er besah sie sich genau. Schließlich lachte er laut auf und meinte, sie hätten ihm gerade noch gefehlt. „Kommt doch, kommt ins Haus", rief er ungeduldig.

Sie liefen ihm nach, denn er gefiel ihnen auch.

Drinnen wartete eine große Überraschung auf sie – das Zimmer, in das der junge Mann sie führte, war voll von Marionetten! Denn sie waren in das Haus eines Puppenspielers geraten, der alle seine Puppen selbst herstellte. Dieser Raum war seine Werkstatt. Er hieß Leonhard und war an diesem Abend – nun ja, es war schon Mitternacht – sehr vergnügt.

„Seht euch den an", forderte er seine Gäste auf, voller Stolz. Er hob einen pechschwarzen Teufel vom Tisch und zeigte ihn den drei Abenteurern. „Ist er nicht ein Prachtkerl?"

Eben war der Prachtkerl fertig geworden, darum war Leonhard so vergnügt. Es war aber auch ein Teufel, wie man ihn besser nirgendwo anders finden würde. Er hatte goldene Hörnchen, eine Zunge, die ein und aus schnellen konnte, und die Zähne fletschte er noch schrecklicher als Jiffy, wenn der böse war. Jiffy untersuchte ihn gründlich, die anderen beiden wußten nicht viel mit ihm anzufangen. Sie sahen sich in der Werkstatt um.

Rings an den Wänden hingen Dutzende von Puppen an langen Schnüren. Da waren ein König und eine Königin, zwei Prinzessinnen – eine hübsche und eine häßliche – und mehrere Königssöhne. Ein Ritter schwebte zwischen einem grasgrünen Drachen und einem großen gelben Löwen, ein Gänsemädchen zwi-

schen seinen Gänsen, eine Hexe bei ihrem schwarzen
Kater. Auch einen lustigen, scheckigen Hansnarren
mit vielen kleinen Schellen gab es, einen Zauberer
mit spitzem Hut und langem Mantel und einen Moh-
ren mit einem krummen Säbel.

„Ich weiß, wer ihr seid", sagte Leonhard. „Meine

alte Freundin, die Mutter Nölle, hat mir von euch erzählt. Doch, doch – ihr kennt sie auch. Mutter Nölle ist die weise Frau, die ihr im Februar besucht habt."

So, Mutter Nölle hieß die weise Frau. Das hatten Jiffy, Bonzi und Herr Schmitz nicht gewußt.

„Hört zu", fuhr Leonhard fort, „ihr gefallt mir. Bleibt heute hier, sucht nicht weiter nach einem Abenteuer. Bleibt bei mir, und wir spielen Theater."

Jiffy war so begeistert von diesem Vorschlag, daß die anderen beiden sofort zustimmten – sogar Herr Schmitz, der doch unbedingt in den Wald gewollt hatte.

Leonhard zog einen Vorhang zurück, und da war eine kleine Bühne. Er wählte unter seinen Puppen: „Komm mal her, Gänseliesel, ja, und ihr beiden Gänse auch. Und der Prinz in der silbernen Rüstung, jawohl." Der Reihe nach brachte er sie zur Bühne und ordnete ihre Schnüre auf der Stange darüber, wie er sie brauchte.

„Fertig", sagte er dann. „Wir fangen einfach an. Du, mein Fuchs, bist ein böser Räuber, der die Gänse stehlen kommt. Und du, kleiner Hund, wirst ihn bekämpfen und verjagen. Aber das kommt erst später. Das Äffchen ist ein Traum – paßt gut auf!"

Er stellte einen gemalten Baum auf die Bühne und auf die andere Seite ein rundes Mäuerchen aus Pappe. Das sollte einen Brunnen darstellen. „Dies ist nun eine schöne grüne Wiese", erklärte Leonhard. „Das Spiel beginnt."

Über die schöne grüne Wiese spazierte das Gänsemädchen, gefolgt von seinen zwei Gänsen. Es ließ sich am Brunnen nieder, und die Gänse setzten sich zu ihm. Es sang ein Abendliedchen mit einer hohen, feinen Stimme, gähnte dann sehr zierlich, wobei es die Hand vor den Mund hob, und sagte den Gänsen, daß es ein wenig schlafen wolle: Es sei sehr müde. Die Gänse gigakten freundlich, ja, sie wollten auch schlafen. Sie steckten die Köpfe unter die Flügel, was gar nicht so einfach war bei all den Schnüren, und schliefen augenblicklich ein.

Das Gänseliesel klapperte noch ein paarmal mit den Augenlidern, seufzte zweimal tief und schlief ebenfalls ein. Und es hatte einen seltsamen Traum.

Auf die Wiese kam Jiffy. Jiffy in goldgelben Pluderhosen und einem violetten Jäckchen, mit einem großen Turban auf dem Kopf. Er trug eine Rose, deren Stiel fast so lang war wie er selber, und ein goldenes Kästchen. Es war ein Schmuckkästchen, das konnte man sehen, denn eine Perlenschnur baumelte unter seinem Deckel hervor.

Sehr geheimnisvoll schlich Jiffy auf das Gänsemädchen zu, mit tausend Grimassen und sehr, sehr behutsam. Denn die Gänse durften nicht wach werden und ihn sehen. Er war ja ein Traum, und die Gänse träumten ihn nicht. Jiffy spielte seine Rolle vorzüglich, ganz als ob er sein Leben lang nichts anderes getan hätte. Leonhard nickte zufrieden.

Nun war Jiffy bei dem schlafenden Gänseliesel an-

gelangt. Er verbeugte sich tief, fast bis an den Boden
und gleich dreimal hintereinander, er legte ihr die
Rose auf den Schoß und stellte ihr das Kästchen zu
Füßen. Dann verbeugte er sich abermals, und während er sich vorsichtig zurückzog, zeigte er immer
wieder auf den silbernen Prinzen, der bescheiden
in einiger Entfernung unter dem Baum stand. Das
Gänsemädchen seufzte selig, und Jiffy ging ab. Auf
seinen Händen, weil er seine Sache gut gemacht
hatte.

Wild und grausam kam nun der böse Räuber auf
die Wiese. Auch er schlich lautlos auf den Brunnen
zu. Aber er war kein Traum. Da! Er sprang zu und
packte eine der beiden Gänse. Die andere schlug aufgeregt mit den Flügeln und schnatterte Mord und

Brand. Das Gänsemädchen wurde wach und schrie gehörig mit.

Hinter dem Brunnen hervor stürzte Bonzi, der Heldenhund. Er warf sich auf den Räuber – es war ihm völlig gleich, ob der größer und stärker war als er selber. Er bellte und biß und rettete die Gans! Er schlug den Räuber in die Flucht und tröstete das erschrockene Mädchen.

„Ach, du süßer Schnucki", flötete das dankbare Wesen und wollte ihn umarmen, „du sollst nun immer bei mir bleiben, auch wenn ich meinen Prinzen heirate, was ich als Gänseliesel ja bestimmt tun werde . . ."

Bonzi war starr. Schnucki hatte sie zu ihm gesagt! Tief beleidigt marschierte er von der Bühne. Er wollte nichts mehr von dieser Person wissen. Das Gänsemädchen klappte hilflos zusammen, aber nicht wegen Bonzi, sondern weil Leonhard die Schnüre fallen ließ. So sehr mußte er lachen.

Und wie er dann die drei Tiere lobte! „Aber was sehe ich?" rief er plötzlich. „Ist es schon zwei Uhr? Und ich habe noch kein Abendbrot gegessen!"

Er brachte Bonbons für Jiffy, die waren in bunte und goldene Papierchen eingewickelt. So hatte Jiffy das doppelte Vergnügen, einmal beim Auswickeln und dann beim Verzehren. Für Bonzi und Herrn Schmitz holte er die Bratwurst, die zwar für den nächsten Mittag bestimmt war – aber warum sollten sie die nicht jetzt schon essen? Und für sich selber briet er Spiegeleier. Es wurde ein richtiges kleines Fest aus Leonhards Abendbrot um zwei Uhr früh.

Eines behagte Herrn Schmitz allerdings gar nicht. Das war die sonderbare Weise, in der Leonhard ihn und seine beiden Gefährten anstarrte. So ungefähr, dachte Herr Schmitz, wie ich ein fettes Huhn anstarren würde. „Was hat er vor? Will er uns fressen?"

Leonhard hatte nichts dergleichen im Sinn. Er ließ sie nach dem Essen ohne jeden Einwand ziehen. Er bedankte sich für ihre Hilfe beim Theaterspielen und rief ihnen nach: „Nächste Woche führe ich unser Stück den Waisenkindern vor. Die werden sich über euch freuen! Gute Nacht, Herr Schmitz, gute Nacht, Jiffy und Bonzi!"

Was meinte dieser Leonhard nur? Nächste Woche würden sie in ihrer weißen Schachtel liegen wie immer. Wie konnten sie da Theater spielen?

„Ah", sagte der Gerümpelzwerg etwas später, „und das fragt ihr? Nächste Woche hat der Puppenspieler drei neue Puppen: einen Bonzi, einen Jiffy und einen Herrn Schmitz. Darum hat er euch so angestarrt, damit er genau weiß, wie jeder von euch aussieht, sich bewegt, jede Kleinigkeit. Ich möchte wetten, er sitzt jetzt schon mit dem Schnitzmesser bei seiner Lampe und hat einen kleinen Jiffy angefangen. Aber für euch ist es höchste Zeit zum Schlafengehen. Schnell ins Bett!"

Und wenige Minuten später deckte er sorglich die weiße Schachtel zu.

11

Sie waren besonders tatenlustig aufgewacht. Merk-
würdig: Je mehr Abenteuer sie erlebten, desto größe-
ren Appetit hatten sie auf weitere.

„Diesmal", erklärte Herr Schmitz fest entschlossen,
„bleiben wir nicht in der Stadt." Sie saßen noch auf
dem Dachboden und überlegten, was sie in ihrer sech-
sten Vollmondnacht anfangen sollten.

„Oh, nicht wieder zu Leonhard?" fragte Jiffy enttäuscht. Er schob seine Lippen vor, setzte sich in einen
Winkel und kehrte den beiden den Rücken zu.

„Nun mault der Jiffy gleich", sagte Herr Schmitz
ungeduldig. „Was will er denn schon wieder bei Leonhard?"

„Theater spielen", antwortete Bonzi, der Jiffy nur
zu gut verstand. Ihn zog es auch zu den Menschen –
und Leonhard war ein so netter Mensch. Beinahe so
nett wie Karlheinz. Aber an Karlheinz wollte er jetzt
nicht denken, er mußte schnell Jiffy wieder versöh-
nen. Und er schmeichelte um Jiffy herum, so gut das
im Winkel möglich war, er versetzte ihm zärtliche
kleine Knuffe und Nasenstüber. Nichts half. Wenn
Jiffy maulte, dann maulte er.

„Schön", gab Herr Schmitz nach, aber höchst miß-mutig und ungern, „dann gehen wir eben zu Leon-hard. Wenn es unbedingt sein muß! Sonst sitzen wir morgen früh noch hier." Ihn zog es ebensosehr zum Wald hin wie die anderen beiden zu den Menschen. Es mußte wunderschön darin sein, gerade um diese Jahreszeit. Juni – das war die allerbeste Zeit, in den Wald zu gehen . . .

Sie traten den Weg zu Leonhards Haus an, und Jiffy war sehr vergnügt. Aber als sie ankamen, fanden sie die Tür verschlossen und die Fenster dunkel. Leon-hard war nicht daheim; im Sommer war er fast immer mit seinem Puppentheater unterwegs.

„Schmitzchen", meinte Bonzi, als ob ihm etwas ganz Neues eingefallen wäre, „ich glaube, wir hätten doch lieber in den Wald gehen sollen."

Herr Schmitz war sprachlos. Jetzt tat dieser Bonzi wahrhaftig, als ob er, Schmitz, unbedingt hätte Leon-hard besuchen wollen.

„Möchtest du nicht gern in den Wald?" fragte Bonzi angelegentlich.

„Ach ja, in den Wald", plapperte Jiffy.

Herr Schmitz kehrte wortlos um. Während des gan-zen langen Weges sagte er keinen Ton, so fröhlich Jiffy und Bonzi auch drauflosschwatzten. Ob Brock sich freuen würde, wenn sie zu ihm kämen?

Und dann war auch Brock nicht zu Hause. Seine Spur verriet ihnen jedoch, daß er seine Höhle erst vor kurzer Zeit verlassen hatte. Bonzi und Herr Schmitz konnten gut frische Spuren lesen, darum beschlossen sie, Brock nachzupirschen. Das war ein schönes Spiel für sie, etwa wie eine Schnitzeljagd für Menschenkinder.

„Sieh, hier hat er seine Krallen gewetzt", stellte Herr Schmitz aufmerksam fest. Er zeigte Bonzi einen Baum, dessen Rinde lange tiefe Kratzer aufwies.

„Hier hat er sich gescheuert", rief Bonzi aufgeregt, „und hier biegt die Spur ab!"

„Brav, Bonzi", lobte Herr Schmitz. „Du bist ein feiner Spürhund."

In diesem Augenblick fühlte sich Bonzi Herrn Schmitz heftig verbunden. Er wußte, daß er höchstens ein mittelmäßiger Spürhund war, und gerade darum war er Herrn Schmitz dankbar, daß er ihn gelobt hatte. Nun spürte er doppelt so eifrig Brocks Fußstapfen nach. Herr Schmitz sollte sehen, daß auch Hunde mit stumpfen Nasen sich Mühe geben konnten.

Jiffy fand dieses Spürnasenspiel langweilig. Er hatte Brock schon wieder vergessen, denn sein Gedächtnis war noch kürzer als Bonzis Nase. Jiffy trödelte und blieb immer mehr zurück. Er beeilte sich auch keineswegs, Bonzi und Herrn Schmitz einzuholen. Und er lief nicht mit der Nase am Boden – darum sah er etwas, was die beiden anderen nicht bemerkt hatten: Ein kleiner Funken leuchtete vor ihm in der Dunkelheit. Noch einer – und noch einer – viele, viele Funken!

Einer kam auf ihn zugeflogen, ja, ein winziges Licht zog vor ihm durch die Luft. Noch eins – noch zwei, drei – viele! Jiffy stand still und folgte ihnen mit den Augen. Das Gebüsch um ihn her war bestirnt von Glühwürmchen.

Er schnatterte leise und beglückt. Das gefiel ihm! So viele kleine Lichter. Die da flogen, die sagten sicher: „Jiffy, fang mich! Fang mich, und mich, und mich, Jiffy!"

Schon fuhr die kleine behende Hand auf ein Lichtchen los, schon hatte Jiffy es erhascht. Aber als er die Hand ganz dicht an seine Augen führte und vorsichtig hineinguckte, war alles dunkel darin. Das kleine Licht leuchtete nicht mehr. Jiffy fand nur ein winziges dunkles Ding in seiner Hand. Er warf es weg und fing ein neues Licht.

Auch dieses ging aus, sobald er es in seiner Hand hatte. Jiffy knurrte ärgerlich. Die dort in den Büschen leuchteten wie Sterne – warum nicht die in seiner

Hand? Kleine dunkle Dinger wollte er nicht, er wollte solche schimmernden Funken haben.

Ein Licht nach dem anderen zog vorbei, und Jiffy haschte unermüdlich, immer vergebens. Endlich gab er es auf, hockte sich ins Gras und versank in eine tiefe Traurigkeit. Die eine Hand hing schlaff herab. Sie hielt noch das letzte Glühwürmchen.

Und siehe da, das Käferlein hörte auf sich zu fürchten und steckte sein Laternchen wieder an. Es leuchtete so hell wie zuvor, hier in Jiffys Hand. Auf einmal merkte er es, er wurde fast närrisch vor Freude, verhielt sich aber still. Denn er hatte begriffen, daß sein kleines Licht ausging, wenn er sich bewegte. Etwas später fing er eine Menge, wartete, bis sie sich beruhigten, und freute sich an ihnen. Er setzte sie auf seine Arme bis an die Schultern, auf die Brust, und eine ganze Reihe von Ohr zu Ohr. Er fing so viele, daß er für jede Zehe eines hatte. Vorsichtig streckte er einen Fuß um den andern vor und bewunderte die hellen Punkte, und immerzu plapperte er vor sich hin: „Flinker Jiffy! Schöner Jiffy, so fein! Feine Füße, so hell. Lichtchen für Jiffy –"

Herr Schmitz und Bonzi, die mit Brock zurückkamen, fanden ihn so, den ganzen Jiffy in Festbeleuchtung. Er konnte kein vernünftiges Wort herausbringen, so aufgeregt war er über seine Pracht.

„Sieh dir das an, Bonzi", rief Herr Schmitz entrüstet. „Und wer wollte zuerst durchaus nicht in den Wald?"

Bonzi staunte, und Brock konnte bloß stumm den Kopf schütteln über diesen Affen aus Afrika. Nur mit Mühe brachten sie Jiffy soweit, daß er seinen Glühwurmschmuck ablegte und mit ihnen weiterging.

Brock hatte noch kein Frühstück gehabt, und sein Magen knurrte. Darum kamen sie nur langsam vorwärts, denn er hatte überall zu scharren und zu graben. Er kannte sein Gebiet gründlich, er wußte genau, wo etwas für ihn zu finden war. Am liebsten

fraß er Eier, aber Engerlinge mochte er ebenfalls gern;
auch Wurzeln grub er aus, und er freute sich schon
auf den Herbst mit seinen Bucheckern und Haselnüssen.

So trödelten sie gemächlich durch den Wald, Brock,
immer schnaufend und grunzend, an der Spitze. Er
führte sie auf heimlichen Wegen, bis die Bäume sich
lichteten und ein weiter, offener Fleck vor ihnen lag.
Es war ein Kornfeld, und Brock meinte, darin müßte

sich das eine oder andere Rebhuhnnest finden lassen. Ein Nest voll von bräunlichen Eiern, die ihm so gut schmeckten – und wenn er ein Nest mit Jungen fand, um so besser! Die fraß er noch lieber.

Zwischen ihnen und dem Kornfeld floß ein seichter, klarer Bach; den mußten sie überqueren. Brock wußte wirklich gut Bescheid in dieser Gegend, denn er führte sie geradewegs zu einer alten Weide, die gestürzt am Ufer lehnte. Ihr Stamm war geborsten und hohl, aber er gab eine vorzügliche Brücke her. Jiffy turnte vergnügt darauf herum und sagte, er wolle hierbleiben.

„Jiffy gut", versicherte er tugendhaft. „Jiffy nicht Eier stehlen."

Brock, der schon auf der anderen Seite stand, hörte es und grunzte unmutig. „Stehlen?" rief er zurück. „Nennt der Affe das stehlen? Ein Tier muß doch fressen!"

Herr Schmitz besänftigte ihn und sagte, er verstehe Brock völlig. Und bis die Eier gefunden wären, könnte niemand Brock einen Dieb nennen. Trotzdem wollte Brock unbedingt zu der Weide zurück und sich Jiffy vornehmen, so beleidigt war er.

Bonzi hielt sich ein wenig abseits. Ihm war unbehaglich bei dem Streit. Einerseits war ihm völlig klar, daß Brock fressen mußte, auch wenn es Eier waren, die ihm nicht gehörten. Andrerseits hatte er ein unbestimmtes und unruhiges Gefühl, daß Herr Schmitz und er selber zu der Eiersuche keinen Grund hätten.

Und daß sie, wenn sie sich doch beteiligten, leicht wieder bei der Mondfrau in Ungnade fallen könnten.

„Schmitzchen", bat er leise, „lieber nicht."

Herr Schmitz, der mit Brock voraufging, drehte sich um und sagte kurz: „Warte doch ab, bis wir Eier gefunden haben."

Bonzi sah, wie seine Augen funkelten. Ob sie vor Spott funkelten – oder vor Diebeslust? Ehe er es erriet, fuhr Herr Schmitz fort: „Überhaupt, das Rebhuhn kann ja jederzeit neue Eier legen."

Da wußte Bonzi, was er zu tun hatte. Er mußte einen anderen Weg gehen als diese beiden. Er lief zu Jiffy zurück.

Der hing in den dünnsten, schwankendsten Zweigen der alten Weide, dort, wo er sich vor dem alten Dachs sicher fühlte, schwang sich übermütig daran hin und her und rief dabei lustige Schmähworte hinter ihm her. Brock war ein schweres Tier, steif vor Alter, hier konnte er Jiffy nicht erreichen.

„Jiffy", rief Bonzi, „kommst du mit?"

„Jiffy schaukelt", keckerte es fröhlich in der Weide. Das bedeutete, daß Jiffy auch weiterhin zu schaukeln vorhatte.

Brock und Herr Schmitz waren im Kornfeld verschwunden.

Bonzi lief am Rand des Feldes dahin. Bald vergaß er, daß Herr Schmitz ihn verlassen hatte. Er spürte Feldmäusen nach, kroch durch eine dichte Hecke und befand sich in einer Wiese voll von Maulwurfshügeln.

Das war das Rechte für Bonzi. Er fing mit Feuereifer an zu graben und merkte in seiner Hast nicht einmal, daß hinter ihm ein Maulwurf eben einen neuen Hügel aufwarf. Er hielt sich aber nicht lange an der Oberfläche auf, als er Bonzi buddeln hörte, und so bestand nicht die geringste Gefahr, daß Bonzi einen Maulwurf ermorden würde.

Da er nichts in den Hügeln entdeckte, wurde er das Ackern leid und lief zu der Hecke zurück. Es raschelte geheimnisvoll unter ihren breitschattenden Haselzweigen, es schnuffelte und schniefte. Wie Brock, aber nicht so laut und irgendwie feuchter.

Neugierig stieß Bonzi seine Nase in das Gesträuch und quiekte laut auf vor Schmerz und Überraschung. Pfui, das stach ja! Aber er war viel zu neugierig, um sich dadurch vertreiben zu lassen. Seine Spürnase sagte ihm, daß nicht eine Distel ihn gestochen hätte, sondern ein Tier.

Ja – da lag das Tier, rund, eine Kugel aus lauter Stacheln. Eine bösartige Kugel, Bonzi konnte sie nicht leiden. Schrill und zornig kläffend sprang er auf sie los. Aber etwas in seinem Inneren hielt ihn zurück, er sprang immer zu kurz. Schließlich legte er sich auf den Boden, die Vorderpfoten weit auseinander, die Zunge hechelnd aus dem Maul hängend, und beobachtete den Feind.

Der Feind lag lange still. Am Ende wurde ihm aber doch wohl die Zeit lang; auch hatte er allerlei zu besorgen. Zu Bonzis großem Erstaunen fing die Kugel

an, sich zu strecken, ein spitzes Schnäuzchen kam zum Vorschein, zwei blanke schwarze Augen darüber – Hilfe! Der Feind kam direkt auf ihn zu!

Bonzi spürte schon all die schrecklichen Stacheln in seiner empfindlichen Nase. Er heulte laut auf und ergriff die Flucht. Der Igel aber ging ruhig und bedächtig seiner Wege. Hunde – hirnlose Geschöpfe. Ein Fuchs, das wäre schlimmer gewesen.

Bonzi, zwei Felder weit weg, beruhigte sich wieder und stöberte im hohen Gras und Grünzeug eines Feldrains umher. Plötzlich schwirrte es vor ihm auf, auf und davon, so plötzlich, daß er verdutzt dastand und vergaß, den erhobenen Fuß auf den Boden zu setzen. Die Rebhühner flogen niedrig, aber sehr schnell über die Wiese hinweg und waren eher verschwunden, als er sich erholt hatte. Nun hatte er Rebhühner aufgescheucht – gerade, was er nicht hatte tun wollen. Es wurde Zeit, daß er umkehrte, damit nicht noch Schlimmeres geschah. Bonzi trabte eilig fort, dem großen Kornfeld zu.

Der Mond schien hell auf das grüne Getreide. Es glänzte wie Wasser. Vor Bonzi wurde es noch heller, noch glänzender. Er begriff zunächst nicht, woher das kam und was dieses Licht bedeutete. Oh – die Mondfrau saß am Rain, in ihrem Schoß eine Brut junger Rebhühner, und lächelte ihm entgegen. Neben ihr sprang Jiffy umher: Er spielte mit einer Familie von Haselmäusen, die in den Ranken der Hecke turnten.

„Siehst du", begrüßte die Mondfrau den Hund, „sie haben nichts gefunden, weder Eier noch kleine Küken."

Bonzi sah ihr zu, wie sie die zarten Federbällchen sorgfältig im langen Gras verbarg.

„Kommt", sagte sie dann. „Komm, Jiffy, laß jetzt die Haselmäuse. Ja, sie sind allerliebst – aber laß sie jetzt. Nein, du darfst sie nicht mitnehmen. Auch nicht eine!"

Jiffy ließ gehorsam, wenn auch etwas zögernd, das letzte goldbraune Tierchen aus seinen Händen schlüpfen.

„So ist es recht", nickte die Mondfrau. „Nun wollen wir Schmitzchen rufen, und dann können wir heimgehen."

Sie riefen den Fuchs, der sofort kam, und zusammen mit der Mondfrau traten sie den Heimweg an.

84

12

Der Kuckuck und die Nachtigall hatten ausgesungen, denn es war Juli geworden. Das Gras stand nun nicht mehr hoch in den Wiesen, die Bauern hatten es geschnitten und rundliche kleine Hügel daraus gebaut. Überall standen solche Hügel. Bonzi konnte sich nicht erklären, wozu sie da waren.

Die Nacht war warm, und die Erde war trocken. Die drei aus der weißen Schachtel trollten gemächlich dahin. Sie waren auf dem Weg zum Wald, aber es eilte nicht. Auch hier war es schön, auf diesen weiten duftenden Feldern. Jiffy eilte ihnen ziemlich weit voran. Er fing die großen ungeschickten Nachtfalter und war nicht gut zu ihnen, wenn er sie erwischte. Aber das sollte ihm bald verboten werden.

Eine Eule hockte auf einem Zaunpfahl, Jiffy hatte sie nicht bemerkt. Auf einmal saß sie da und glühte ihn gefährlich mit ihren tellerrunden Augen an.

„Friß sie auf, wenn du Hunger hast", rief sie böse. „Sonst laß sie fliegen!" Sie erhob sich und schwebte lautlos gerade auf Jiffy zu. Erst im letzten Augenblick schwenkte sie zur Seite. „Hörst du?" fauchte sie drohend.

Jiffy war so erschrocken, daß er unverzüglich gehorchte. So schnell er konnte, sprang er zu Bonzi und
Herrn Schmitz zurück, aber er fand sie nicht mehr. Er
guckte hinter alle Heuhaufen, ob sie sich versteckt
hätten, und da er immer wieder vergaß, was bei einem
Heuhaufen hinten und vorn ist, ging er mindestens
dreimal um jeden herum.

Nein, versteckt hatten sie sich nicht – oder konnten
sie in diesen Haufen stecken? Jiffy riß den nächsten
auseinander. Es war nichts als Heu darin. Im zweiten
war auch Heu. Ebenso im dritten.

Jiffy dachte lange nach. Er kam zu dem Schluß, daß
auch in den übrigen nichts anderes sein würde. Der
Gedanke bedrückte ihn unendlich. Er war überzeugt,
daß er das Heu nicht leiden konnte. Zornig sprang er
zu dem nächsten kleinen Hügel hin und zerstörte ihn
gründlich.

Nun waren schon vier Heuhaufen abgetan. Als er den fünften angreifen wollte, verließ ihn sein Zorn. Langsam, ganz langsam stieg er hinauf, setzte sich oben hin und starrte trübselig in die Nacht. Er fühlte sich verlassen.

Die Eule kam wieder vorbei. „Warum sitzt du da?" fragte sie. „Hast du nichts Besseres zu tun? Deine Freunde sind da drüben am Waldrand. Beeil dich! Ich fliege voraus."

Mit einer riesigen Dankbarkeit in seinem leichtfertigen kleinen Herzen und mit freudig erhobenem Schwanz sprang Jiffy der Eule nach. Noch ehe er den Wald erreicht hatte, kam Herr Schmitz ihm entgegen. Er sah unruhig aus.

„Da bist du ja endlich, Jiffy", rief er. „Es ist etwas Schreckliches passiert! Bonzi hat eine Jacke im Wald gefunden, die will er bewachen und nicht von ihr fortgehen. Er sagt, die Jacke gehöre seinem Freund Karlheinz."

Jiffy fand das gar nicht so schrecklich.

„Doch", erklärte Herr Schmitz, „bedenke doch, Jiffy, vor morgen früh kann Karlheinz nicht kommen und seine Jacke suchen. Wir drei aber müssen in unserer Schachtel sein, ehe es Tag wird."

Nun begriff Jiffy. „Bonzi ungezogen", rief er eifrig. „Bonzi darf nicht. Bonzi muß heimkommen." In langen Sätzen sprang er neben Herrn Schmitz dahin, bis sie in einer kleinen Lichtung anlangten, die voll von Blaubeerkraut war. Mitten darin lag eine Jacke, und

Bonzi saß daneben. Er war treu, das konnte man ihm vom Gesicht ablesen, er hielt Wache. Niemand würde die Jacke seines Freundes anrühren, solange er sie beschützte.

Davon ließ er sich nicht abbringen, was immer ihm seine beiden Kameraden auch sagen mochten. Herr Schmitz bat, Jiffy zeterte. Bonzi setzte sich nur ein wenig fester hin. Nichts und niemand sollte ihn von seiner Pflicht abbringen.

Inzwischen hatte Jiffy die Blaubeeren entdeckt. Diese runden, kühlen kleinen Dinger fand er sehr gut. Wie schön, daß es so viele davon gab. Gierig stopfte er eine Handvoll nach der anderen in sein Maul, pflückte hier und pflückte da und geriet immer weiter fort von Bonzi und Herrn Schmitz.

Der Fuchs merkte zu spät, daß Jiffy weg war. Nun mußte er Bonzi bei der Jacke sitzen lassen und Jiffy suchen. Wenn man doch nur an zwei Orten zugleich sein könnte, dachte Herr Schmitz kummervoll. Bonzi, Jiffy – einer so unnütz wie der andere. Immerhin, er konnte sich darauf verlassen, daß Bonzi sich nicht vom Fleck rühren würde.

Herr Schmitz erfuhr bald, daß es nicht leicht war, Jiffy zu finden. Ja, wenn er ihm hätte nachgehen können, die Spürnase am Boden! So einfach war es nicht. Immer wieder verlor er Jiffys Spur und mußte ringsherum suchen, bis er sie wiederfand. Wie konnte er wissen, daß Jiffy hier auf eine Birke, da auf eine Kiefer geklettert war um nachzuforschen, ob da oben auch

88

solche Beeren wuchsen? Und wenn andere Bäume nahe genug standen, war er wie ein Eichhörnchen oben weitergewandert und nicht jedesmal von seinem Baum auf den Boden gesprungen.

Endlich entdeckte er ihn, bei einem Dickicht von wilden Himbeeren – weit weg. Jiffy bot Herrn Schmitz freigebig von seiner Ernte an, aber der war zu müde und ärgerlich. Er wollte keine Himbeeren.

Mit neuer Sorge bemerkte er, daß sich schon ein grauer Schein in die Welt stahl. So schwer es ihm wurde, er mußte Bonzi im Wald zurücklassen, um wenigstens diesen unnützen Jiffy rechtzeitig nach Hause zu bringen. Sonst kam ihm der am Ende auch noch abhanden.

Noch einmal versuchte er, Bonzi zur Einsicht zu bringen. „Bonzi", bat er inständig, „denk an die Mondfrau! Denk an das Versprechen, das wir drei ihr gegeben haben."

„Die Mondfrau versteht, warum ich im Wald bleibe", sagte Bonzi zuversichtlich.

„Letztes Mal, als Brock und ich Rebhuhneier suchen gingen, wußtest du genau, was Recht und Unrecht war."

„Das war etwas anderes", erwiderte Bonzi.

„Du mußt mit uns heimgehen, es ist höchste Zeit!" rief der Fuchs. Bonzi antwortete nicht einmal, er blieb stocksteif neben der graugrünen Jacke sitzen.

In seiner Ratlosigkeit überlegte Herr Schmitz sogar, ob er ihn nicht überfallen und tüchtig beißen sollte. Aber dann würde Bonzi zurückbeißen, es würde eine wilde Rauferei daraus werden, und das half nichts.

Traurig begab er sich mit Jiffy auf den Heimweg. Alle paar Minuten blickte das Äffchen sich um, denn es glaubte bestimmt, daß Bonzi ihnen doch folgen würde.

Bonzi sah sie gehen; er rührte sich nicht. Er saß bei Karlheinz' Jacke, eine kleine einsame, aber heldenmütige Gestalt.

Der Gerümpelzwerg erschrak heftig, als er von seinen drei Tieren nur zwei heimkehren sah. „Schmitzchen", rief er besorgt, „Jiffy! Wo ist Bonzi?"

„Im Wald", gab Herr Schmitz zurück, und Jiffy jammerte wie ein verzagtes kleines Echo: „Im Wald ..."

„Was ist geschehen?" drängte der Zwerg. „Ihr habt ihn verloren?"

Sie bekannten, daß es viel schlimmer war, daß Bonzi sich geweigert hatte, mit ihnen heimzukehren.

„Das hätte ich nie von Bonzi gedacht", sagte der Zwerg niedergeschlagen, als sie ihm die ganze Geschichte erzählt hatten. „Er war immer ein so folgsamer kleiner Hund. Was ist nur plötzlich über unseren lieben, braven Bonzi gekommen?"

„Karlheinz", erklärte Jiffy und machte ein schlaues Gesicht.

„Karlheinz?" wiederholte der Zwerg verständnislos.

„Der Junge, mit dem wir damals im Schnee gespielt haben", erklärte Herr Schmitz.

„Und Bonzi glaubt, diese Jacke, die er im Wald gefunden hat, gehört dem Karlheinz?"

„Ja", bestätigte Herr Schmitz.

„Nein", sagte Jiffy.

„Wieso nein?" begehrte der Fuchs auf.

„Nein-nein-nein, Bonzi glaubt nicht, Bonzi weiß", schnatterte Jiffy.

Der Gerümpelzwerg blickte von einem zum anderen. „Und dieser Karlheinz, ja, nur dessen Jacke geht ihm über uns – geht ihm über das Versprechen, das er der Mondfrau gegeben hat?" fragte er ratlos.

Die beiden Tiere nickten.

Jiffy erläuterte: „Bonzi hat Karlheinz lieb. Hat Jiffy lieb – hat Schmitzchen lieb – hat guten Zwerg auch lieb." Ihm ging die Luft aus, er holte tief Atem und sagte dann nachdrücklich: „Aber hat Karlheinz s e h r lieb."

„So ist es", stimmte Herr Schmitz ihm bei. „Er sagt ja auch immer: Ein Hund und ein Junge, die gehören zusammen."

Der Gerümpelzwerg meinte, jetzt verstehe er Bonzi. Aber damit bekam er ihn nicht in die weiße Schachtel. „Und was wird die Mondfrau sagen", murmelte er sorgenvoll.

Erst in der folgenden Nacht kam Bonzi wieder nach Hause. Die Mondfrau selber brachte ihn heim. Aber es war kein trotziger und heldenhafter Bonzi mehr, der da ohne einen Laut in die weiße Schachtel kroch. Es war ein kleiner und demütiger Bonzi.

Auf dem Dachboden hatte niemand ein Auge zugetan, bis er zurückkam, weder seine beiden Gefährten noch der Gerümpelzwerg. Selbst am heißen hellen Mittag hatten sie nicht geschlafen, und die Stunden waren ihnen endlos erschienen. Nun war Bonzi endlich wieder da, nun wollten sie wissen, was geschehen war. Im Geheimen hatten alle drei die größte Sorge gehabt, daß Bonzi wirklich Karlheinz treffen würde und darüber alle Pflicht und Schuldigkeit vergessen könnte, um bei dem Jungen zu bleiben.

Erst nach mehreren Tagen brachten sie den kleinen Hund dazu, daß er überhaupt auf eine Frage antwortete. Denn Bonzi war völlig verstört und erledigt.

Alles war ganz anders gekommen, als er es sich in seinem dummen kleinen Hirn vorgestellt hatte. Er hatte getreulich Wache gehalten, die langen, langen Stunden hindurch, allein in der Lichtung. Niemand hatte sich um Bonzi gekümmert, kein Tier des Waldes, kein Vogel, kein Käfer – er war ganz allein geblieben. Erst am Nachmittag war jemand erschienen. Nicht Karlheinz, wie er fest erwartet hatte, sondern eine Frau auf einem Fahrrad. Das war Karlheinz' Mutter gewesen. Flink hatte sie die Jacke aufgenommen, zusammengefaltet und in ihren Korb gepackt, und schon war sie wieder weggefahren.

Und wie lange es dann gedauert hatte, bis es wieder Nacht wurde! In diesen vielen endlosen Stunden kamen alle guten Worte zu ihm zurück, die Jiffy und Herr Schmitz ihm gestern vergeblich gegeben hatten.

Warum hatte er nicht auf sie gehört? Er wußte es jetzt selber kaum, er war so voller Angst. Endlich, endlich war es dunkel geworden, so daß er an den Heimweg denken konnte. Und da hatte die Mondfrau vor ihm gestanden. Sie wußte es also, sie wußte alles! Aber sie hatte nicht ein Wort gesprochen. Auch unterwegs nicht. Sie hatte ihn heimgeführt und war verschwunden, ohne ein einziges Wort.

Bonzi war untröstlich.

Der Gerümpelzwerg versuchte ihm gut zuzureden, das machte es für Bonzi noch schlimmer. Denn auch dem Gerümpelzwerg hatte er Kummer bereitet.

13

Was kümmerte es Bonzi jetzt, daß er nie wieder auf vier flinken Beinen draußen umherspringen würde? Aber daß seine beiden Kameraden nun auch für immer in der weißen Schachtel gefangen waren, durch seine Schuld, das war schwer zu ertragen. Denn daß sein Ungehorsam auf diese Weise bestraft werden würde, daran zweifelten die drei Tiere keinen Augenblick. Selbst der Gerümpelzwerg war davon überzeugt.

Für die drei in der weißen Schachtel hatte es lange Monate gegeben und Monate, die ihnen kurz erschienen waren. Dieser Monat aber war der längste von allen, die sie seit dem Winter erlebt hatten. Von jetzt an würden alle Monate so lang sein, dessen waren sie sicher.

Bonzi sagte es sich so oft, daß er heulen mußte, ob er wollte oder nicht. Lange, lange Monate in der weißen Schachtel, Jahre konnten daraus werden. Lange, lange Jahre ohne Freiheit, ohne Freude, ohne das kleinste bißchen Bewegung – uuuuuuh!

„Sei still, Bonzi", bat Herr Schmitz. „Damit machst du es nur noch schlimmer."

94

„Armer kleiner Bonzi", murmelte Jiffy, „ist so traurig. Armer kleiner Jiffy, ist so traurig. Armes –"

Da wurde der Deckel von der Schachtel gehoben, und das sanfte, klare Licht fiel hinein, das immer um die Mondfrau war.

„Nun, meine kleinen Tiere", fragte sie liebevoll und doch mit einem ganz kleinen Spott, „meint ihr nicht, es sei Zeit zum Aufstehen?" Sie sammelte die drei in ihre Arme und sagte zum Gerümpelzwerg, der strahlend neben ihr stand: „Dies sind unartige Tiere, die nicht folgen, Bonzi und Jiffy jedenfalls. Aber soll darum auch Herr Schmitz bestraft werden?"

„Keineswegs", meinte der Gerümpelzwerg und versuchte, ernst und streng dreinzuschauen. Aber er strahlte doch gleich wieder.

„Darum müssen wir von jetzt an bestimmen, was sie in ihrer freien Zeit tun sollen", fuhr die Mondfrau fort.

„Dann wissen sie genau, woran sie sich zu halten haben, und da gibt's kein Abweichen", nickte der Gerümpelzwerg.

„Richtig", sagte die Mondfrau, „und darum bestimme ich, daß sie alle drei heute nacht mit der walisischen Hexe in ihr Heimatland fliegen sollen." Damit ließ sie die Tiere fallen, und sie landeten auf ihren Füßen.

„Nun?" fragte die Mondfrau erstaunt. „Ist die Freude so still?"

„Wir können es nicht glauben", sagte Herr Schmitz.

Sie schüttelte mitleidig den Kopf. „Ach, ihr dummen kleinen Dinger", lächelte sie. Da begriffen die drei, daß auch dieser letzte endlose Monat so kurz hätte sein können, wie es sonst nur der Februar ist. Nicht die Mondfrau hatte sie bestraft: Sie selber hatten es getan.

„Nun aber schnell hin zu Mutter Nölle!" rief der Gerümpelzwerg. „Der Besen stampft schon vor Ungeduld, und die Nacht ist nicht lang. Beeilt euch."

Und wie sie sich beeilten! So schnell waren sie noch nie gelaufen. Bonzi war allerdings noch ein paarmal zu der Mondfrau zurückgesprungen, um ihr zu sagen, wie dankbar er war. Aber er holte die anderen leicht wieder ein.

Bei Mutter Nölle saß wirklich die Hexe aus Wales. Die beiden tranken Schwarzbier und schwatzten von alten Zeiten, denn Neuigkeiten gab es gerade nicht.

„Da seid ihr ja", grüßte Mutter Nölle, die ihnen die Tür öffnete. „Jetzt kommt ihr in den großen Sack!"

Wirklich, da lag ein Sack, ein fester, derber neuer Sack.

„Einsteigen!" rief Mutter Nölle.

Zuerst sprang Jiffy hinein, neugierig und fürwitzig wie immer. Bonzi folgte, und dann Herr Schmitz. Mutter Nölle schnürte den Sack zu, doch so, daß sie genügend Luft hatten.

Die Hexe nahm diese Ladung auf den Rücken, und Mutter Nölle trug den Besen hinaus. Draußen vor der Tür fielen den beiden noch mindestens sieben Neuig-

keiten ein, die sie einander unbedingt sofort mitteilen
mußten. Endlich waren sie damit fertig, und die Hexe
stieg auf. Mutter Nölle rief „Gute Reise!", und der
Besen mit seiner Last schwang sich in die Höhe, so
leicht wie ein Luftbläschen im Wasser. Sobald sie die
erforderliche Höhe erreicht hatten, schnalzte die Hexe
leicht mit der Zunge, und sie zischten nur so durch die
Nacht.

Es machte nichts aus, daß die drei im Sack kein Fenster hatten, um hinauszuschauen. Erstens flogen sie viel zu hoch, sie hätten doch nichts gesehen, und zweitens ging der Flug furchtbar schnell. „Es ist ein Katzensprung", rief die Hexe – und schon sanken sie im Land Wales zu Boden. Sie band den Sack auf, und die drei Tiere purzelten heraus.

Herr Schmitz und Bonzi hoben sofort ihre Nasen und lernten die hiesige Luft kennen. Sie war feucht und sonderbar weich. Sie kam vom Meer, von dem man hier nie sehr weit entfernt war.

„Nun ins Haus mit euch, und herzlich willkommen", sagte die Hexe. Sie waren in einem kleinen Hof gelandet; sie schloß die Tür auf und knipste das Licht im Flur an.

Das war freilich kein Hexenhaus, wie man sich eins vorstellt. Es stand nicht einsam im schaurig-dunklen Wald, sondern mitten in einer kleinen Landstadt, in einer Straße voll schmaler Läden. Sie traten auch nicht in einen höhlenartigen Raum voll von Kräuterbündeln, Zauberstäben und dampfenden Hexenkesseln, sondern in ein gemütliches Wohnzimmer. Vorn gab es einen ebenso gemütlichen Laden, in dem man Schokolade, Bonbons und billiges Spielzeug kaufen konnte. Denn die walisische Hexe war nur nach Ladenschluß eine Hexe, und auch nur deswegen, weil es in ihrer Familie nun einmal Brauch war. Ihre Mutter war eine Hexe gewesen, und ihre Großmutter und Urgroßmutter, und wer weiß wie viele noch davor. So hexte denn auch sie ein bißchen, aber nur nebenbei oder wenn jemand sie darum bat. Außerdem war der Besen so praktisch, wenn sie verreisen wollte. Sie reiste für ihr Leben gern! Aber im Grunde fand sie die Hexerei altmodisch.

Die Leute in Wales haben die Gewohnheit, einander nach ihrer Beschäftigung zu nennen oder nach der Ware, mit der man handelt. Den Milchmann nennen sie „Dafydd die Milch" und den Postboten „Efan die Post" und die Frau im Gemüseladen ganz einfach „Mairi Grünkram". Da die Hexe mit Süßigkeiten handelte, hieß sie bei ihren Nachbarn „Beti Bonbons". Als Hexe hatte sie aber noch einen geheimen Namen. Da hieß sie „Fliegeweg-Beti".

„Welcher gefällt euch besser?" fragte sie lachend, während sie ihren hohen Hut abnahm und den langen roten Umhang zusammenfaltete.

„Beti Bonbons", sagte Jiffy sofort, und Bonzi rief auch: „Beti Bonbons."

Herr Schmitz stellte den Kopf schief und sah ungemein listig aus. Er dachte bei sich, der andere Name passe auch nicht schlecht zu ihr. Wenn eine so auf dem Besen durch die Lüfte pfiff und sogar den hohen Hut dabei auf dem Kopf trug –!

„Könnten wir nicht einfach Beti sagen?" fragte er.

Beti Bonbons, die genau wußte, was der Fuchs dachte, nickte. „Natürlich." Sie wandte sich an die anderen beiden und forderte sie auf, ihr zu erzählen, was sie am liebsten in Wales unternehmen wollten.

Jiffy wußte längst, was er am liebsten hier tun wollte. Er war sogar schon dabei, er untersuchte die vielen Gläser mit den flachen Deckeln und kramte in Pappschachteln mit Schokoladetafeln. Bonzi und Herr Schmitz dagegen wollten sich lieber draußen umsehen.

„Schön", sagte Beti Bonbons, „dann lauft ein Weilchen auf unseren Hügeln spazieren. Mein schwarzer Kater ist zu alt, der holt sich im Nachttau einen Schnupfen, sonst sollte er euch ein bißchen herumführen. Aber wartet mal – Mairi Grünkrams kleiner gelber Corgi-Hund ist sicher draußen, er streunt nämlich. Den werde ich rufen."

Sie lief in den Hof hinaus und pfiff, sehr hoch und schrill. Kurz darauf schnaufte es draußen, und es kratzte an der Tür.

„Da ist er schon", erklärte Beti Bonbons. Sie öffnete die Tür, und herein kam ein Hund, rötlichgelb wie eine Ringelrose, mit einem großen Kopf und ganz kurzen Beinen. Er hatte ein Stummelschwänzchen wie Bonzi, und er war ziemlich fett.

Herr Schmitz staunte. Das sollte ein Hund sein? Bonzi aber glaubte es ohne weiteres, er ging sofort freundlich auf den fremden Hund zu. Gleich darauf erlebte er den größten Schrecken seines Lebens, denn der Corgi war ganz das Gegenteil von freundlich. Er zeigte seine scharfen Zähne, grollte tief in der Kehle, und alle seine Rückenhaare sträubten sich. Dabei ging er auf steifen Beinen um Bonzi herum.

100

Der kleine Hund wußte nicht, wie ihm geschah. Bisher war noch nie jemand unfreundlich zu ihm gewesen. Demütig rollte er auf seinen Rücken, die vier Pfoten hilflos in der Luft. Das bedeutete, daß er sich völlig in die Gewalt des anderen gab, aber in der Gewißheit, daß dieser andere ihm nichts tun würde.

Herr Schmitz teilte diese Gewißheit nicht. Auch seine Haare sträubten sich, auch er fing an zu grollen. Der Corgi ließ von Bonzi ab und wendete sich diesem zweiten vermeintlichen Feind zu.

Beti Bonbons dachte, es sei Zeit, einzugreifen. „Nichts dergleichen!" fuhr sie dazwischen. „Begrüßt man so seine Gäste, noch dazu Gäste aus einem fremden Land? Sofort bist du manierlich, Bryn bach, und sagst, daß es dir leid tut."

Bryn bach sah immer noch unwirsch drein, aber seine Haare beruhigten sich, und er knurrte nicht mehr.

„Führe sie eine Weile auf den Hügeln spazieren",

befahl Beti. „Und daß du sie mir heil wieder hierher zurückbringst! Bleibt nicht zu lange aus. Ich werde etwas Gutes für euch kochen, während ihr fort seid."

Sie ließ die zwei Hunde und den Fuchs aus der Hoftür.

Sobald Beti Bonbons sie nicht mehr hören konnte, zeigte der Corgi ihnen deutlich, daß ihm nichts an ihnen gelegen sei. Er trödelte auf der anderen Seite der Gasse dahin, schnüffelte hier, schnaufte da und kümmerte sich nicht im geringsten um Bonzi und Herrn Schmitz. Manchmal stand er still und kratzte sich gründlich .

„Das ist langweilig", sagte Bonzi leise zu Herrn Schmitz. „Sollen wir ihm weglaufen?"

„Vielleicht würde es Beti Bonbons nicht recht sein", gab der Fuchs zu bedenken.

Sie wanderten weiter hinter dem gelben Hund durch die Gassen und wunderten sich, wozu sie in das Land Wales gekommen waren. Bryn fing an, kleine bissige Bemerkungen zu machen, immer so nebenbei, nichts Direktes.

„Geh du deinen Weg, und wir gehen unseren", sagte Herr Schmitz, dem die Geduld riß. „Wenn du uns so wenig leiden kannst –"

„Ja", knurrte der Corgi griesgrämig, „und dann erzählt ihr es Beti Bonbons, und sie gibt mir keine Knochen mehr. Ich kriege immer alle Knochen bei ihr, darum will ich es nicht mit ihr verderben."

„Wir sagen ihr nichts", riefen die beiden Freunde.

„Geh nur heim oder wohin sonst du unterwegs bist. Wir finden auch allein den Weg zurück." Damit liefen sie auch schon den Hügel hinan, der sanft vor ihnen anstieg.

„He!" rief der Corgi. Er pustete hinter ihnen her. Bonzi und Herr Schmitz standen still und warteten auf ihn. Was wollte dieser Rüpel denn noch?

„Eins wollte ich schon lange gern wissen", wandte sich Bryn an Herrn Schmitz. „Die Menschen sagen, ihr seid schlaue Tiere, ihr Füchse."

„So?"

„Jawohl, und sie sagen, wenn ein Fuchs Flöhe hat, und er will sie loswerden, dann weiß er, was er tun muß. Er nimmt ein paar Flocken Schafwolle zwischen die Zähne und steigt in den nächsten Bach; die Flöhe merken, daß es naß wird – und immer nasser –, und sie ziehen alle in den Wollebausch. Denn der bleibt trocken, den hält der Fuchs über Wasser. Auf einmal läßt er ihn dann fallen und ist alle seine Flöhe los. Stimmt das?"

Herr Schmitz sah ihn mit tiefer Abneigung an. „Ich habe nie davon gehört", erklärte er kalt. „Komm, Bonzi." Und sie liefen dem Flegel davon.

Der Hügel war mit feinem, kurzem Gras bewachsen. Schafe weideten darauf, und wilde Kaninchen spielten vor ihren Höhlen. Etwas seitlich lag ein kleines Gehölz. Von dorther kam ein Tier auf die beiden zu, größer als der Corgi-Hund. Selbst in dem fahlen Licht konnten sie erkennen, daß sein Fell brandrot war.

„Ein Fuchs!" rief Herr Schmitz hocherfreut. „Ein walisischer Fuchs!"

Der walisische Fuchs stand still, sobald er Bonzi und Herrn Schmitz gewahrte. Der Schatten eines Ginsterbusches fiel gerade über ihn und machte ihn beinahe unsichtbar. So wartete er ruhig ab, was nun kommen würde. Gefährlich war es nicht, das wußte er sofort.

„Gute Nacht und gute Jagd", grüßte Herr Schmitz, wie es sich gehörte. „Wir sind von weit, weit her und bei Fliegeweg-Beti zu Gast. Kennst du sie vielleicht?"

„Danke, ebenfalls", erwiderte der Fuchs den Gruß, „obwohl ihr gute Jagd nicht nötig habt, wenn ihr bei Fliegeweg-Beti zu Besuch seid. Ja, ich kenne sie. Sehr gut sogar."

„Wohnst du hier in diesem Gehölz?"

„Nein, ein Stück weg, wo richtiger Wald ist. Dies ist der Hügel Melyn-y-ddol, und ich heiße Truttan-Trottan."

„Was für schöne lustige Namen ihr hier habt im Lande Wales", staunte Bonzi.

„Ja, und was für schöne lustige Leute wir sind im Lande Wales", gab Truttan-Trottan zurück. „Wie wär's mit einer kleinen Kaninchenjagd?"

„Wir dürfen nicht", sagte Herr Schmitz mit Bedauern. Er erklärte, was für eine Bewandtnis es mit ihnen habe.

„Das ist schade", meinte Truttan-Trottan. „Wir hätten so viel Spaß miteinander haben können. – Da dürft ihr wohl sicher nicht beim Bauer Rhys ap Gwylym einsteigen und ein paar Hühner holen?"

Auch das mußten Bonzi und Herr Schmitz ablehnen.

„Schade, schade", murmelte Truttan-Trottan.

„Aber du könntest uns vielleicht die Gegend zeigen", schlugen die beiden vor und erzählten ihm von dem Corgi, den Fliegeweg-Beti mit ihnen ausgeschickt hatte.

„Den kenne ich auch", knurrte Truttan-Trottan verächtlich. „Ein saurer Kerl. Faul und fett, fett und faul – weiter ist von ihm nichts zu melden. Wißt ihr, was die Leute hier früher mit der Sorte Hund gemacht haben?"

Nein, das wußten Bonzi und Herr Schmitz natürlich nicht.

„In einen runden Eisenkäfig haben sie solche Hunde gesperrt, in dem mußten sie mit ihren Pfoten ein Rad drehen", erzählte der Fuchs. „Das Rad drehte den Spieß vorm Küchenfeuer, an dem der Braten braun wurde – aber den Braten kriegten die Menschen, nicht die Hunde! Das hat ihnen, glaube ich, für alle Zeiten die Laune verdorben."

Bonzi fand die Geschichte sehr lustig. „Aber der Corgi weiß auch etwas von euch Füchsen", rief er eifrig.

„So? Und das wäre?"

Sie erzählten Truttan-Trottan, was Bryn gesagt hatte, während sie weiterliefen.

„Hast du je so etwas getan?" fragte Herr Schmitz.

„O ja, regelmäßig", erwiderte Truttan-Trottan leichthin. „Wie wäre es mit einem kleinen Wettrennen?" schlug er vor.

Herr Schmitz war gern dazu bereit und Bonzi noch lieber. Sie jagten einander um den Hügel Melyn-yddol herum, daß die Schafe nach allen Seiten davonstoben. Sie tollten und tobten, bis die Kaninchen wieder aus ihren Löchern guckten und sagten: „Truttan-Trottan ist verrückt geworden."

Dann warfen sie sich auf das kurze kühle Gras und schnappten nach Luft. Und Truttan-Trottan setzte sich auf und fing an, sich zu kratzen.

Nicht lange, und Herr Schmitz spürte das dringendste Verlangen, sich auch zu kratzen.

Er kratzte sich. Einmal, zweimal, dreimal.

Bonzi sah ihm zu, und ehe er es wußte, kratzte er sich auch. Heftig – ja, er konnte gar nicht aufhören.

„Starke Bewegung macht die Flöhe lebendig", meinte Truttan-Trottan verständnisvoll.

„Willst du damit sagen, daß wir Flöhe hätten?" rief Herr Schmitz entsetzt.

„Und ob ich das sagen will", bestätigte Truttan-Trottan und grinste. „Ihr kratzt ja – ! So könnt ihr nicht zu Fliegeweg-Beti zurückgehen. Furchtbar eigen, das ist Beti. Am besten macht ihr sofort die Wasserkur."

Verdutzt und sehr verlegen ließen Herr Schmitz und Bonzi sich zu einem Dorngestrüpp führen, das reichlich Flocken von Schafwolle festgehalten hatte. Davon sammelten sie ein paar. Truttan-Trottan war sehr hilfsbereit, er zeigte ihnen auch einen Bach ganz in der Nähe. Zwischen großen Felsblöcken sprang ein starker Schwall dunklen Wassers in das felsige Bekken darunter.

„Hier", sagte Truttan-Trottan, „hier geht es hinein. Es ist nicht tief. Gerade tief genug. So –", und er steckte Herrn Schmitz die Wolle zwischen die Zähne und gab ihm einen ermunternden kleinen Stoß. Dann setzte er sich auf einen der blanken Steine und sah zu.

Herr Schmitz befahl: „Du bleibst auf dem Trockenen, Bonzi. Ich versuche es zuerst." Er trat in das dunkle strömende Wasser hinein, die Schnauze mit den Wollflocken hoch erhoben.

Wie war es kalt! Und so naß. Herr Schmitz liebte Nässe durchaus nicht, aber er ging tapfer vorwärts. Er ging, bis das Wasser ihm über den Rücken spülte. Er hörte Bonzi winseln, dann ging ihm das Wasser über die Ohren. Nun war nur noch seine Schnauze mit dem Büschelchen Wolle trocken. Ob er es jetzt ausspucken konnte?

Da faßte die Strömung Herrn Schmitz und wusch ihn über die Felsklippe in das Becken darunter, sie riß ihn weiter mit in das nächste Becken, das sehr viel tiefer war. Herrn Schmitz vergingen die Sinne, so wirbelte es ihn herum. Aber kleine scharfe Zähne packten ihn beim Fell: Bonzi war ihm nachgesprungen, er zog und zerrte ihn zum Ufer hin.

Truttan-Trottan half nicht dabei. Er saß ruhig auf seinem Stein, grinste vor sich hin und schlug sacht mit seinem Schweif.

Beides sollte ihm vergehen, sowohl das Grinsen als auch die Schadenfreude. Fliegeweg-Beti stand vor ihm und funkelte ihn mit zornigen Augen an.

„Ah, Truttan-Trottan", sagte sie süß und seiden in einem eigentümlichen Singsang. „Sehr hungrig wirst du sein, Truttan-Trottan! Drei Tage und drei Nächte lang. So viele Kaninchen auf dem Hügel Melyn-y-ddol, so fette Hühner beim Bauer Rhys ap Gwylym, und doch wird Truttan-Trottan hungrig sein! Geh nun heim, Truttan-Trottan."

Der Fuchs schlich davon, und seine stolze Rute schleifte am Boden nach wie ein alter Wollfetzen.

Beti mußte noch ein bißchen hexen, damit ihre beiden tropfnassen Gäste einigermaßen trocken wurden, denn ein Badetuch hatte sie nicht zur Hand. Und zu Hause angekommen, puderte sie beide gehörig mit Flohpuder ein.

„Denn wer mit solchen Leuten wie Truttan-Trottan umgeht –", meinte sie kopfschüttelnd. „Aber wie solltet ihr das wissen?"

Bonzi und Herr Schmitz schwiegen beschämt und ließen Beti gewähren, obwohl ihnen das stark riechende Pulver in die Nasen stieg und böse kitzelte. Sie mußten schrecklich niesen, ein über das andere Mal.

Aber dann gab es ein Fest. Beti hatte kleine fette Würste für sie gebraten und Markknochen geröstet, als etwas ganz Seltenes und Gutes. Jiffy aß braune Kugeln aus einer bunten Schachtel, das waren Haselnüsse mit Schokoladenguß. Und dazu dicke Rosinen, und zum Nachtisch Zuckermandeln. Obendrein durften sie in Betis Laden gehen und allerlei für den Gerümpelzwerg wählen, denn mit leeren Händen durften sie nicht aus dem Land Wales zurückkehren, sagte Beti Bonbons.

„Gräßlich", stöhnte der Gerümpelzwerg, als ihm dieses Abenteuer in allen Einzelheiten mitgeteilt worden war. „Seid ihr sicher, daß ihr nichts mitgebracht habt?"

„Doch. Nüsse und Rosinen", sagte Bonzi und zeigte auf das Päckchen, das der Zwerg in den Händen hielt.

„Aber, Bonzi, er meint doch etwas ganz anderes", tadelte Herr Schmitz.

Bonzi sah ihn fragend an. Auf einmal ging ihm ein Licht auf. „Markknochen!" rief er bedauernd. „Hätten wir dir Markknochen mitbringen sollen? Das haben wir nicht gewußt. Wie schade!"

„Nein, nein", beteuerte der Gerümpelzwerg hastig.

Nun wußte Bonzi überhaupt nicht, wovon die Rede war. Bis der Gerümpelzwerg die weiße Schachtel zudeckte und dabei bemerkte, es jucke ihn förmlich.

14

Heißer brauchte es nun nicht mehr zu werden. Ihm langte es, sagte Leonhard, der von seiner Puppenspielreise wieder heimgekehrt war. In seinem Haus hinter dem Torbogen bekam er keine Luft, und schlafen könnte er nicht bei dieser Hitze, erklärte er.

Da es auf dem Wasser meist kühler ist als auf dem Land, beschloß er, gar nicht ins Bett zu gehen, sondern eine Wasserfahrt zu machen. Ein schöner ruhiger Fluß zog nämlich an der Stadt vorbei, und an diesem Fluß stand ein Bootshaus, wo man Kähne mieten konnte. Die ganze klare, blaue Mondnacht wollte er auf dem Wasser verbringen.

„Kommen Sie doch mit, Mutter Nölle", forderte er seine alte Freundin auf. Er hatte Abendbrot mit ihr gegessen. Aber sie lachte und sagte, er solle ein hübsches Mädchen einladen, sie selber sei zu alt für eine solche Nachtschwärmerei. Leonhard antwortete, die hübschen Mädchen wären alle in der Sommerfrische; wo sollte er daher so schnell eine hübsche Begleiterin finden?

Mutter Nölle wußte es auch nicht, aber ihr fiel etwas anderes ein. „Die drei aus der weißen Schachtel

kommen heute nacht. Nehmen Sie die mit, Leonhard,
Sie würden mir damit einen großen Gefallen tun.
Denn Fliegeweg-Beti kann sie diesmal nicht abholen,
sie ist verhindert."

„So?" fragte Leonhard neugierig. „Was ist ihr denn
dazwischengekommen?"

„Ach, da drüben in Wales, da ist so ein armer
Junge in einen Elfenring geraten und tanzt nun schon
sieben Jahre lang mit dem kleinen Volk. Er weiß es
nicht, ihm sind die sieben Jahre vergangen wie sieben Minuten. Wenn niemand ihn heute nacht da her-
ausholt, muß er wieder sieben Jahre tanzen, bis er

erlöst werden kann, und darauf will Beti es nicht ankommen lassen. Nach zweimal sieben Jahren sind sie meistens nichts mehr wert; solche Pechvögel gehen aus wie ein Licht."

„Ja, das kann ich mir denken", sagte Leonhard. „Sieben Jahre in einem fort tanzen! Das muß ja den Stärksten umlegen. Schön, ich nehme also Ihre drei Schützlinge mit."

Bald darauf verstaute er Jiffy, Bonzi und Herrn Schmitz in einem leichten, schmalen Nachen. Er stieß vom Ufer ab und ruderte gemächlich flußaufwärts.

Die drei Tiere hatten nun schon sehr viel erlebt. Über Dächer waren sie geklettert, über Felder gelaufen, sogar durch die Luft waren sie geflogen. Jetzt fuhren sie auch noch auf dem Wasser! Es war etwas ganz Neues. Nicht sehr aufregend, aber doch angenehm. Nur daß man so still sitzen mußte, das war nicht schön. Das hatte Leonhard ihnen eingeschärft – ganz still mußten sie sitzen. Er hätte keine Lust, sagte er, sie im Dunkeln aus dem Wasser zu fischen.

Herr Schmitz, der den Bach in Wales noch nicht vergessen hatte, versprach nur zu gern, sich nicht zu regen. Er rollte sich auf seinem Platz zusammen, deckte seine Schnauze mit dem buschigen Schwanz zu und nahm weiter keinen Anteil an der Wasserfahrt.

Bonzi saß neben ihm und blickte zu den Ufern hin, an denen sie langsam vorbeizogen. Nur Schilf und Weidenbäume, sonst war gar nichts zu sehen. Er gähnte.

Nur Jiffy gefiel es sehr in diesem Fahrzeug. Er dachte auch nicht daran stillzusitzen, er turnte im Boot und auf Leonhard herum, als ob er auf dem Wasser geboren und groß geworden wäre. Er untersuchte alles genau und ahmte Leonhard beim Rudern nach. Der lachte und schnitt ihm zwei Rohrkolben ab, damit er auch Ruder hätte. Mit diesen Rohrkolben stellte Jiffy alles mögliche an, nur als Ruder gebrauchte er sie nicht. Zuletzt lief er wie ein Seiltänzer mit einem auf der Kante des Nachens auf und ab und stieß Bonzi beinahe über Bord.

Nach etwa einer Stunde sahen sie auf einem Flußufer viele bunte Lichter, sie hörten Lärm und laute Musik. Auf einer großen Wiese wurde ein Volksfest gefeiert.

Leonhard hatte keine Lust hinzugehen, aber er

114

fragte die Tiere, ob sie sich das vielleicht ansehen wollten. Denn er wußte, daß eine Wasserfahrt für sie nicht dasselbe wie ein Abenteuer war. Bonzi und Herr Schmitz sagten beide nein, aber Jiffy war begeistert. Man ließ gerade ein Feuerwerk steigen, Jiffy wollte unbedingt hin.

„Gut, aber nur auf einen Sprung, Jiffy", sagte Leonhard. „Ich werde schwimmen, das Wasser muß herrlich sein heute nacht. Bonzi, machst du mit?"

Bonzi machte mit, das war klar. Herr Schmitz meinte, in dem Fall würde er mit Jiffy gehen. Er ließe Jiffy nicht gern außer Sicht, der hätte zu viele Dummheiten im Kopf.

Die beiden gingen also an Land. Hinter ihnen spritzte es – da waren Leonhard und Bonzi zugleich ins Wasser gesprungen. Sie sahen einen großen dunklen Kopf und einen kleinen dunklen Kopf nicht weit voneinander auftauchen; sie hörten die zwei prusten und einander zurufen.

Herr Schmitz schüttelte sich und trottete Jiffy nach, der schon vorausgelaufen war.

Die vielen Menschen auf der Festwiese hatten sich alle zu einem dichten Knäuel zusammengezogen, aus dessen Mitte die zischenden und prasselnden goldenen Sprühregen und die blauen, roten und grünen Feuerkugeln aufstiegen. Selbst die Schaubuden und die Verkaufsstände waren verlassen. Hier blieb Herr Schmitz zurück, in einem Winkel tintenschwarz im Schatten.

„Sei ja vorsichtig", warnte er Jiffy eindringlich, „und komm an diese Stelle zurück. Ich warte hier auf dich."

Jiffy versprach es und lief auf die Buden zu. Er liebte bunte Sachen sehr, und hier gab es herrlich viele. Er wollte sie sich alle ansehen.

Doch dann kam er gar nicht bis zu den Buden. Nicht weit von der ersten stand ein Pfahl und daneben ein Kasten auf Rädern. Auf dem Kasten saß ein Affe.

Ein Affe wie Jiffy selber! Nur war er größer, und er sah recht sonderbar aus. Er trug eine schmutzige Uniform und einen Hut mit drei Ecken. Zusammengesunken hockte er da und starrte vor sich hin. Er war an den Pfahl gekettet: Eine lange dünne Kette lag zwischen ihm und dem Pfahl.

Jiffy war mit einem Sprung bei ihm auf dem Kasten. Beide Arme warf er dem großen Bruder um den Hals, ohne alle Furcht. Er brauchte sich auch nicht zu fürchten, denn der Affe auf der Drehorgel war froh, ihn zu sehen. Und er war müde und schwach vor Hunger.

„Dies ist Jiffy, dies ist Jiffy – Jiffy aus der weißen Schachtel", plapperte das Äffchen, außer sich vor Glück. „Sag Jiffy, wie du heißt! Sag es Jiffy schnell!" Und er schüttelte ihn liebevoll.

„Jacko", antwortete der andere.

Jiffy hatte die Kette entdeckt und auch, daß sie mit einem Ring um den Pfahl geschlossen war. Die Kette war stark, er konnte sie weder zerreißen noch durchbeißen.

116

„Warum die Kette, Jacko? Wir mögen keine Kette, Kette ist nicht gut. Komm weg, Jacko."

Jacko mit der Kette um die Mitte sah ihn nur traurig an. Er trug einen Reifen, an dem sie festgeschmiedet war. Ihm war nicht zu helfen, denn er gehörte dem Drehorgelmann, und der war kein guter Herr. Wenn er sein Tamburin schlug, daß alle Schellen rasselten, dann mußte Jacko auf dem Kopf stehen und Purzelbäume schlagen. Er mußte ein kleines Gewehr präsentieren wie ein Soldat, und die Leute, die ihn sahen, lachten und warfen Geld in das Tamburin. Jacko mußte dann zwischen ihnen herumgehen und um noch mehr Geld betteln. Der Drehorgelmann nahm das Geld und ging damit fort. Wenn er wiederkam, schwankte er und roch abscheulich. Oft vergaß er,

daß er Jacko nicht gefüttert hatte – heute hatte er es auch vergessen. Jacko hatte nichts zu fressen als eine halbverfaulte Möhre.

Als Jiffy das hörte, wurde ihm fast übel vor Mitleid und Entsetzen. So schlecht ging es Jacko! Sofort sprang er los: „Gleich wieder da, Jacko. Abendbrot holen, Jacko!"

Er fand nahebei einen Stand mit Früchten. Zwar war der Inhaber nicht fortgegangen, aber er schaute unverwandt zum Himmel auf, an dem immer prächtigere Lichtgarben sprühten. Er merkte nicht, daß eine winzige dunkle Hand nach einer Banane griff.

Wieder barst eine goldene Kugel dort oben.

„Ah!" rief der Mann.

Die kleine Hand war wieder da und griff nach einem schönen Apfel. Aber mehr konnte Jiffy nicht tragen, und er mußte doch noch Nüsse für Jacko haben.

Er sah sich um. Ein Hut lag auf einer Kiste. Gerade, was er brauchte! Jiffy eignete sich den Hut an, er legte die Banane, den Apfel und mehrere Handvoll Erdnüsse hinein. Das mußte genügen. Schade, es gab so viele gute Dinge hier.

Oben kreisten feurige Räder umeinander.

„Aaah", sagte der Mann in der Obstbude. Er sah nicht, wie sein Hut und seine Ware verschwanden.

Eine Minute später und wenige Schritte entfernt: „Hier, Jacko – essen, Jacko!"

Der arme halbverhungerte Affe sah einen Berg

von Früchten vor sich, so schöne Früchte, wie er seit langem keine gesehen hatte. Er konnte nicht glauben, daß das alles für ihn sein sollte.

„Essen, Jacko", drängte Jiffy. Er löste geschwind die Banane aus ihrer Schale und reichte sie Jacko. Der nahm sie und biß ein kleines Stück ab. Überglücklich sah Jiffy ihm zu und streichelte ihn, er schälte Erdnüsse für ihn und holte ihm auch noch eine Birne.

„Warte, Jacko – Schmitzchen!" rief er plötzlich. „Schmitzchen klug –", und er verschwand in der Dunkelheit.

Herr Schmitz war froh, ihn endlich wiederzusehen, aber er wußte keinen Rat.

„Doch, Schmitzchen, Jacko helfen, Jacko an Kette", drängte Jiffy. Wenn er aufgeregt war, wie eben jetzt, gingen ihm immer die meisten Worte verloren, aber Herr Schmitz war daran gewöhnt und verstand ihn auch so.

„Wir müssen zu Leonhard zurück", sagte er. „Leonhard kann ihm vielleicht helfen."

Jiffy war schon unterwegs und kam als erster bei Leonhard an. Der war gerade dabei sich anzuziehen. Bonzi rannte wie wild um ihn herum, schüttelte Tropfen aus seinem Fell und wälzte sich im Gras.

„Nanu", rief Leonhard, als Jiffy aus der Dunkelheit auftauchte, seine Hand ergriff und ihn mitzuziehen versuchte. „Langsam, Jiffy, langsam", rief er lachend, „was ist denn los?"

Aber Jiffy in seiner Hast sprudelte nur Affensprache hervor, und die verstand Leonhard nicht. Darum ließ er sich von Jiffy fortziehen, und Bonzi lief ihnen nach. Gleich darauf stießen sie auf Herrn Schmitz.

„Was hat er nur?" fragte Bonzi ihn.

„Er hat einen Affen auf dem Platz dort gefunden, der ist an einen Pfahl gekettet. Halb verhungert ist er auch", erklärte der Fuchs. „Ich glaube, den soll Leonhard befreien."

„Und was dann?" erkundigte sich Bonzi.

„Das weiß Jiffy wohl selber nicht. Du kennst ihn ja. Er hat einen Bruder gefunden, der gefangen ist – der muß losgekettet werden. Weiter denkt Jiffy nicht."

Jiffy war ihnen um große Sprünge voraus. Nun langten auch Leonhard, Bonzi und Herr Schmitz bei den ersten Buden an. Sie fanden nur Jiffy bei dem Pfahl, sonst niemanden. Das Feuerwerk war zu Ende, und das Fest auch. Die vielen Leute gingen schwatzend und lachend den Ausgängen zu. Der Drehorgelmann war mit Jacko weitergezogen. Nur die Bananenschale lag noch da. Und ein alter Hut. Sie waren zu spät gekommen, sie konnten Jacko nicht mehr helfen.

Langsam trieb das Boot flußab. Es war so schön, so kühl und still, Mondlicht auf dem Wasser und tiefe Schatten dort, wo die hohen Weiden überhingen. Leonhard konnte das alles genießen. Die drei Tiere nicht. Jiffy war untröstlich, und seine beiden Freunde konnten nichts, aber auch gar nichts für ihn tun.

120

15

Nachdem Herr Schmitz und Bonzi dreieinhalb Wochen von nichts als von Jacko vernommen hatten, hörte bei ihnen die Geduld auf. Wovon sie auch sprachen – früher oder später kamen sie bei Jacko an. Meistens früher. Jacko, Jacko, Jacko! Es war schlimmer als damals mit Bonzi und Karlheinz.

Auch als sie wieder aus der weißen Schachtel gelassen wurden, änderte sich das nicht. Jiffy wollte nur eines: zu jener Wiese hin. Jacko wartete dort auf ihn, behauptete er felsenfest. Er hatte Jacko versprochen wiederzukommen.

„Jiffy, das Fest ist doch vorbei", versuchte Herr Schmitz ihm klarzumachen. „Jacko ist längst in einer anderen Stadt, weit weg von hier."

Jiffy wollte nicht hören. Eigensinnig saß er da und blickte an Herrn Schmitz vorüber.

Bonzi hatte mehr Verständnis für ihn. Er wußte, wie es Jiffy ums Herz war.

„Wir könnten ja zu der Wiese hingehen", lenkte er ein, „die Mondfrau hat sicher nichts dagegen. Nicht wahr?" wandte er sich an den Gerümpelzwerg.

„Bestimmt nicht", war die Antwort. „Geht nur,

vielleicht kommt Jiffy dadurch wieder zur Einsicht."

Es war ein langer Weg, denn sie folgten dem Fluß, und der schrieb weite, gemächliche Bogen in die Landschaft. Als sie auf der Wiese ankamen, fanden sie sie leer und verlassen. Keine Buden, keine Menschenmenge, kein Feuerwerk – und kein Jacko. Nur der Pfahl stand noch da.

Jiffy stürzte sich auf ihn und hieb mit seinen kleinen Fäusten darauf los. Er rüttelte an ihm und versuchte ihn umzustoßen. Aber der Pfahl stand viel zu fest im Boden, und er fühlte nichts, so sehr Jiffy ihn auch mißhandelte. Jiffy tat sich nur selber weh.

„Komm nun, Jiffy", sagte Herr Schmitz mitleidig, seine Ungeduld vergessend.

Sie kehrten um.

„Wollen wir einen anderen Weg gehen?" schlug Bonzi vor.

Herr Schmitz sagte sofort ja dazu. Vielleicht begegnete ihnen etwas auf einem anderen Weg, wenn nicht ein Abenteuer, so doch etwas, das Jiffy zur Ruhe bringen würde.

Sie wählten den Weg, der zu dem Städtchen führte, das vor einem Monat hier am Fluß sein Fest gefeiert hatte. Natürlich gingen sie um die Stadt herum, nicht einfach mittendurch. Es war eine fremde Stadt. Und weil sie kein bißchen lustig waren und auch nicht spielten wie sonst, bemerkten sie zwei kleine verweinte Gesichter, die aus dem Fenster eines häßlichen, armseligen Hauses auf sie hinabblickten.

Die drei Tiere hielten an. „Hallo!" rief Herr Schmitz hinauf. „Warum seid ihr nicht im Bett?"

„Wir können nicht schlafen", erwiderte das ältere der beiden kleinen Mädchen, das etwas über fünf Jahre sein mochte. „Der Mond ist so hell."

„Ruft eure Mutter, daß sie etwas vor das Fenster hängt!"

„Mutter ist auf Nachtschicht", sagte die Kleine.

„Und euer Vater?"

„Der ist aus."

„Wie – seid ihr ganz allein im Haus?" riefen Bonzi und Herr Schmitz entrüstet.

Sogar Jiffy merkte auf.

„Nein, unsere große Schwester paßt auf uns auf. Aber die ist auch weggegangen." Die kleinen verlassenen Dinger fingen wieder an zu weinen. Ihre Nachtröckchen waren zerrissen und schmutzig, die Ärmel längst zu kurz: Sie sahen aus, als ob niemand für sie sorgte.

„Nun weint nicht mehr", tröstete Herr Schmitz. „Wir drei bleiben bei euch, bis jemand nach Hause kommt. Wir spielen euch Theater vor, mögt ihr das?"

Die kleinen Gesichter erhellten sich. Die Kinder nickten, überrascht und verwundert.

„Aber was werden wir spielen?" fragte Bonzi.

Jiffy war auf einmal ganz bei der Sache und hatte gleich eine Menge großartiger Einfälle. Nur ließen sie sich nicht ausführen, weil mindestens die Hälfte von Leonhards Puppentheater dazu gehörte.

„Nein, Jiffy", meinte Herr Schmitz, „so geht es nicht. Es muß etwas ganz Einfaches sein. Viel reden sollten wir auch nicht, man kann sich sowieso schlecht durch das Fensterglas verstehen."

„Ich weiß, Schmitzchen", unterbrach Bonzi ihn eifrig. „Wir spielen ‚Jiffy, der böse Dieb'. Ich habe etwas, das mir gehört, etwas ganz Gutes, das will ich vergraben. Jiffy belauert mich dabei, und sobald ich wieder weg bin, kommt er schnell und stibitzt es. Dann muß ich wiederkommen und sehen, daß es weg ist, und ich hole die Polizei – das bist du! –, und wir machen allen möglichen Unsinn, bis du Jiffy einfängst. Und dann führst du ihn ab!"

124

„Großartig!" rief Herr Schmitz. Schnell erklärte er den kleinen Mädchen, was sie spielen würden. Sie nickten wieder, diesmal erwartungsvoll, und drückten ihre runden Nasen an den Scheiben platt.

Bonzi lief fort, um etwas zu finden, das einen kostbaren Besitz vorstellen sollte. Es war furchtbar unordentlich um das Haus, und er kam bald mit einem großen Knochen zurück, der uralt sein mußte. Sie konnten anfangen.

„Vorhang auf!" rief Herr Schmitz. „Das Spiel beginnt!"

Genau wie Leonhard es machte.

Die Bühne war ein freier Fleck zwischen zwei Büschen, dem Fenster beinahe gegenüber. Bonzi trat auf, den großen Knochen im Maul. Er lief damit hierhin, er lief dahin, aber nirgends paßte es ihm. Kein Versteck war ihm für seinen Prachtknochen sicher

genug. Er scharrte, aber der Boden war zu steinig. Er grub anderswo, aber das Loch war nicht groß genug, der Knochen ging nicht hinein. Bonzi versuchte es so – und so – und andersherum. Immer noch guckte ein Knochenende hervor. Er grub den Knochen wieder aus.

In dem Busch links erschien Jiffy und beobachtete Bonzi mit seinen Schwierigkeiten. Jiffy setzte eine unendlich schlaue Miene auf, und nun wurde es sehr komisch. Sobald Bonzi weitergrub, und er war fest entschlossen, ein sehr tiefes und breites Loch zu graben, schoß Jiffy wie ein Kastenteufelchen aus dem Busch. Und die Gesichter, die er dabei schnitt! Eines immer närrischer als das andere. Er tanzte vor Ungeduld, er tat, als raufe er sich das Haar, er schüttelte seine Fäuste – ja, ein paarmal schlich er sogar aus seinem Busch hervor. Beinahe hätte Bonzi ihn dabei erwischt.

Die kleinen Mädchen schrien vor Vergnügen.

Endlich war Bonzi mit seiner Grube zufrieden. Mit großer Behutsamkeit bettete er den Knochen hinein und deckte ihn mit Erde zu. Er freute sich, daß ihm das so gut gelungen war, und heimlich, wie er gekommen war, ging er wieder weg.

Jiffy sprang aus seinem Versteck. Er lief in die Mitte der Bühne, dann nach links – und sah Bonzi nach. Ja, der war wirklich fort. Er lief nach hinten und rund um die Bühne – niemand zu sehen. Nun zur Grube hin, aber zuvor mußte er vor Übermut auf dem Kopf stehen, wieder auf die Füße fallen, sich kratzen, nach Bonzi ausschauen, lange Nasen machen und was ihm sonst noch alles einfiel. Schließlich grub er den Knochen aus, schob die Erde wieder zurück und trampelte sie fest. Gerade bevor Bonzi wieder auftrat, verschwand er mit seinem Raub.

Bonzi sah unruhig aus. Er schnüffelte besorgt um das Versteck herum: Da stimmte doch etwas nicht? Hastig scharrte er – richtig! Sein Knochen war fort. Er stürzte nach links ab.

„Nein, nein", riefen die kleinen Mädchen, „da rechts ist er hin, rechts!" Sie waren voll und ganz dabei, sie spielten begeistert mit.

Aber Bonzi war nicht dem Dieb nachgelaufen, sondern die Polizei holen gegangen. Hier war er schon wieder zurück, und zwar mit dem Herrn Polizisten Schmitz. Der tat würdevoll und gewichtig, er besah den Tatort, er untersuchte die Spur. Kein Zweifel: Nach rechts war der Bösewicht gelaufen.

„Ja, ja, ja!" schrien die kleinen Mädchen.

Der Dieb indessen tauchte hinter dem Busch links auf und schwang triumphierend die Beute.

„Da – da ist er!" riefen die kleinen Mädchen aufgeregt und stießen mit ihren Fingern beinahe durch das Fensterglas.

Doch der Herr Polizist wußte ganz genau, daß der Dieb sich auf der anderen Seite befand, er kümmerte sich nicht um ihren Fingerzeig. Rechts forschte er nach und nirgends sonst. Bonzi half ihm dabei, sie spürten wild um die Bühne herum, einer immer auf der Spur des anderen. Sie fielen übereinander, sie kehrten plötzlich um und prallten mit den Nasen zusammen, sie dachten, den Dieb zu greifen und griffen einer nach dem anderen – es war eine tolle Jagd, und die kleinen Mädchen rollten vor Lachen fast von der Fensterbank.

Endlich siegte doch das Gute, und das Böse wurde bestraft. Herr Polizist Schmitz führte den vor Angst und Demut schlotternden Jiffy ab, während Bonzi ein Männchen baute, mitten auf der Bühne, den teuren wiedererrungenen Knochen im Maul.

Die kleinen Mädchen klatschten und klatschten ihnen Beifall und riefen: „Noch ein Stück! Noch ein Stück!"

Da knatterte ein Motorrad heran, hielt vor dem Haus, und die große Schwester sprang vom Soziussitz.

„Was, ihr schlaft noch nicht, ihr kleinen Kröten?" schrie sie ärgerlich „Na wartet, ich werd' euch –"

Wie der Blitz waren die drei Tiere verschwunden. Nicht einmal der große Knochen war zurückgeblieben. Den hatte Bonzi eilig aufgegriffen und mitgenommen. Er verehrte ihn dem Gerümpelzwerg.

16

Ja, es war wieder Vollmond – aber wie es draußen stürmte und goß! „In solches Wetter würde man keinen Hund hinausjagen", sagte der Gerümpelzwerg. „Hört nur, wie der Wind heult!"

Krach! schlug drunten wieder eine Dachpfanne auf das Pflaster.

„Heute nacht bleibt ihr besser zu Hause", riet der Gerümpelzwerg.

Die drei Tiere sahen sich enttäuscht an.

„Was sollen wir denn tun?" fragte Bonzi. „Wieder in die Schachtel kriechen?"

„Ich könnte euch eine Geschichte erzählen", erbot sich der Gerümpelzwerg.

„Danke schön", sagte Herr Schmitz, „aber Geschichten erleben wir lieber."

Eine Weile saßen sie schweigend da und horchten auf den Wind. Der johlte und pfiff um die Häuser, und immer wieder warf er schwere Regenschauer über die Dächer. Jiffy zitterte vor Kälte, er drückte sich dicht an Bonzi.

„Es ist Herbst geworden", murmelte der Gerümpelzwerg. Aber da fiel ein Mondstrahl durch die Luke über ihm. Nur auf einen Augenblick, trotzdem, für Herrn Schmitz genügte es.

„Ich weiß etwas!" rief er. „Wir wollen Brock noch einmal besuchen, ehe der Winter kommt. Wir haben ihn lange nicht gesehen."

„Bei diesem Sturm?" wandte der Gerümpelzwerg ein.

Wieder kam ein Mondstrahl, und der Regen trommelte nicht mehr so stark auf den Dachziegeln.

Bonzi setzte sich auf und blickte Herrn Schmitz erwartungsvoll an.

„Na, dann lauft nur", gab der Gerümpelzwerg nach, „wenn ihr unbedingt weggeweht werden wollt. Wenn ihr unbedingt durchgeregnet werden wollt! Aber daß ihr mir heil und gesund zurückkommt, hört ihr?"

„Jiffy kalt, Jiffy hierbleiben", wimmerte das Äffchen.

„Ja, das ist auch wohl das beste für dich", meinte Herr Schmitz, – und weg waren die beiden.

Im Wald orgelte der Sturm in den Baumkronen, es krachte und knarrte, daß einem bange werden konnte. Die welken Blätter wirbelten daher, als ob sie wirklich Angst hätten und fliehen müßten. Aber unten bei Brock war es still und warm. Der Dachs hatte sein Haus gut für den Winter vorbereitet.

„Schön, daß ihr kommt", begrüßte er Bonzi und Herrn Schmitz. „Bei solchem Wetter ist es gemütlich, mit Freunden zusammenzusitzen und von vergangenen Zeiten zu reden, besonders im Trockenen."

Das taten sie denn auch, und es gab viel zu erzählen: von dem Land Wales und Truttan-Trottan, von der Wasserfahrt und von Jacko, und wie Jiffy um ihn getrauert hatte –

„Ja, wo ist er denn, der Affe aus Afrika?" fragte Brock, der Jiffy bis jetzt nicht vermißt hatte.

„Es war ihm zu kalt und zu wüst heute nacht", erklärte Bonzi. „Jiffy friert leicht. Es ist schade, daß er nicht mitgekommen ist, denn es ist so schön warm bei dir, Brock. Nun hat er sicher Langeweile."

Aber Jiffy hatte keine Langeweile. Im Gegenteil, während die anderen beiden bei Brock saßen und schwatzten, erlebte Jiffy ein Abenteuer.

Der Gerümpelzwerg hatte sich ein Weilchen mit ihm unterhalten, war aber bald still geworden und saß tief in Gedanken versunken da. Er merkte nicht, daß Jiffy hierhin und dahin huschte, Entdeckungsreisen in sämtliche Winkel des Dachbodens unternahm, alle Dinge mit neugierigen Fingern berührte, Kisten, Koffer und Wände.

Auch die Tür. Und Jiffy fand, daß die Tür nur angelehnt war. Jiffy entwischte.

Das alte Haus schlief nicht. Es krachte leise in seinem Gebälk, Mäuse pfiffen hinter Schränken, unten irgendwo schlug eine Tür. Leise und leicht sprang Jiffy die dunklen Treppen hinab. Erst die Bodentreppe, dann eine breitere, dann eine, die mit einem weichen Läufer belegt war. Den fühlte Jiffy gern unter seinen Füßen.

Er kam an Türen vorbei, aber alle waren fest verschlossen. Nur ganz unten in der Halle fand Jiffy eine, die ein bißchen offenstand. Ein schwacher Lichtschein fiel durch den Spalt. Hier wohnte jemand.

Ob er es wagte, ob er hineinging? Etwas Angst hatte Jiffy doch. Da schlug die große Standuhr hinter ihm, und der Schrecken schleuderte ihn förmlich durch die Tür. So entdeckte Jiffy die Großtante Charlotte.

Sie lag in einem riesengroßen weißen Himmelbett, ein winziges, ganz zusammengeschrumpeltes Wesen, uralt. Großtante Charlotte, der dieses Haus gehörte und alles was darin war. Sie war fast hundert Jahre alt.

Hier lag sie in ihrem breiten weißen Bett und konnte nicht schlafen. Nachts schlief sie selten, darum nickte sie am Tage dauernd ein. Sie war sehr müde, und die Zeit wurde ihr so lang.

„Hanna!" rief sie nach ihrer Pflegerin. Hanna war in die Küche gegangen, um ihr eine Wärmflasche zu füllen und etwas Milch heiß zu machen. Sie würde

nichts hören, denn Großtante Charlottes Stimme war mit den Jahren dünn und brüchig geworden.

„Es ist etwas im Zimmer", murmelte sie unruhig, „es ist doch etwas hereingekommen? Ach, ich spintisiere wohl." Sie tastete nach ihrer Brille, die auf dem Nachttisch lag, fand sie aber nicht gleich.

Jiffy, der sie verwundert angestaunt hatte, sprang auf das Bett, reichte ihr die Brille und half ihr, sie aufzusetzen. Er wußte, wie man das macht, weil Mutter Nölle auch so ein Ding hatte. Dann streichelte er liebreich Großtante Charlottes Runzelwange, denn er fand die alte Dame reizend.

Großtante Charlotte wußte nicht, wie ihr geschah. Sie schaute Jiffy durch die Brillengläser an und traute ihren Augen nicht.

„Ein Affe", flüsterte sie. „Wahrhaftig, ich sehe jetzt Dinge, die gar nicht vorhanden sind. Ich fühle sie sogar. Ein Affe auf meinem Bett! Das gibt es doch gar nicht."

„Doch, Jiffy ist hier, Jiffy hat Gläser aufgesetzt, Jiffy ist brav, Jiffy aus der weißen Schachtel", zwitscherte Jiffy vergnügt. Es gefiel ihm ausgezeichnet bei Großtante Charlotte.

„Aus welcher weißen Schachtel?" fragte sie.

Es war gut, daß Hanna, hinten in der Küche, sich eine Tasse Tee aufgegossen hatte, da das Wasser doch gerade kochte. Denn es dauerte eine gute Weile, bis Großtante Charlotte die ganze wunderbare Geschichte aus Jiffy herausholte.

134

„Handpuppen", sann sie laut vor sich hin. „Wenn ich mich doch erinnern könnte. Warte mal! Drei Handpuppen – ja, nun weiß ich es wieder. Die habe ich für Minchens Kinder gekauft, die wollte ich ihnen schenken. Aber Minchens Kinder waren schon erwachsen, daran hatte ich nicht gedacht. Und ihr drei liegt immer noch da oben in der weißen Schachtel?"

„Ja", sagte Jiffy, und er vertraute Großtante Charlotte an, wie einem in so einer Schachtel zumute ist, jahrein, jahraus.

Niemand konnte das besser verstehen als Großtante Charlotte. Sie lag auch in einer weißen Schachtel – in diesem alten Himmelbett, jahrein, jahraus. Wie langweilig das wurde, wie müde man war! Sie streichelte Jiffys kleinen runden Kopf und sagte: „Niemand sollte in weißen Schachteln liegen müssen – aber da geht die Küchentür. Hanna kommt, lauf, fort mir dir!"

„Gute Nacht", wisperte Jiffy und entfloh.

So war es also Jiffy, der zu Hause geblieben war, der etwas erlebt hatte und erzählen konnte, und Bonzi und Herr Schmitz waren es, die staunten und sich wunderten und „Nein, so etwas!" riefen.

Aber der Gerümpelzwerg wiegte seinen weißen Kopf und machte sich allerlei Gedanken.

17

Sie saßen bei Mutter Nölle am warmen Ofen, der leise bullerte. Sie redeten dies und das, oder sie schwiegen und hörten dem Ofen zu. Und dem Wind, der im Schornstein sang.

Diesmal waren sie nicht auf Abenteuer aus. Es war sehr gemütlich bei Mutter Nölle.

„Um die Zeit", erzählte die weise Frau, „fing ich früher mit dem Backen an. Lebkuchen, wißt ihr, und Spekulatius: für das Weihnachtsfest. Wie lange habe ich es nicht mehr getan ... Aber für wen sollte ich denn backen?"

Die drei Tiere wußten es nicht. Sie wußten nicht einmal, was Lebkuchen und Spekulatius waren.

„Das sind süße Sachen, die nur einmal im Jahr gebacken werden", erklärte Mutter Nölle, „zu Weihnachten nämlich. Sie sind besonders gut, und die Kinder freuen sich schon wochenlang darauf. Man formt den Teig zu Brezeln und Sternen und zu allerlei Tieren. Da gibt es Hasen und Hirsche, Hähne und Hunde – "

„Hunde?" horchte Bonzi auf.

„Ja, Hunde. Und vielleicht ist auch ein Fuchs dabei", antwortete die freundliche alte Frau.

136

„Affen auch", drängte Jiffy. Aber Mutter Nölle konnte sich nicht erinnern, jemals einen Affen unter den Spekulatiustieren gesehen zu haben. Jiffy war enttäuscht.

Sie seufzte leise. „Ach ja", spann sie ihren Faden fort, „es war eine schöne Zeit. Ich hätte wirklich Lust, noch einmal so zu backen wie früher. Für wen aber? Ich selber kann knuspriges Gebäck nicht einmal mehr beißen."

„Für Jiffy", schlug der kleine Affe hilfsbereit vor.

„Ja, du hast einen süßen Zahn, Jiffy", sagte Mutter Nölle lachend. Sie besann sich kurz, dann fiel ihr etwas ein. „Könnte ich nicht für die Waisenkinder backen? Doch, das könnte ich. Die werden wohl nicht im Überfluß zu knabbern haben."

„Ja, ja", rief Bonzi, „tu es doch, Mutter Nölle, jetzt sofort! Wir helfen dir dabei."

„Warum nicht?" meinte sie. „Wenigstens den Lebkuchenteig könnten wir anrühren. Ich habe Honig und sogar Mandeln im Haus."

Damit begann eine große Geschäftigkeit in Mutter Nölles Küche. Sie mischten und sie rührten, und Jiffy lernte, wie man Eier am Schüsselrand aufschlug. Bonzi half, indem er auf einen Stuhl sprang und ihnen eifrig bei ihrer Arbeit zusah. Nur Herr Schmitz wußte mit diesem neuen Spiel nichts anzufangen. Er rollte sich im Ofenwinkel zusammen und schlief friedlich durch den ganzen Aufruhr hindurch.

„So", sagte Mutter Nölle, als eine dicke braune

Masse in ihrer größten Backschüssel lag, „dieser Teig muß jetzt ruhen. Wollen wir nun mit den weißen Pfeffernüssen anfangen?"

Natürlich wollte Jiffy das, und Bonzi war auch sehr dafür, also wog Mutter Nölle Mehl und Zucker für weiße Pfeffernüsse ab. Jiffy schlug die Eier, und dann durfte er gemahlene Nelken und dergleichen Gewürz darüberstreuen. Und Jiffy war es, der aus dem Teig

kleine Kugeln rollte, viele kleine Kugeln, keine größer als eine Walnuß. Er war ungeheuer flink dabei. Solche Weihnachtsbäckerei war entschieden etwas für ihn.

Jemand klopfte an die Tür: Leonhard. Er war im Theater gewesen, um einmal Abwechslung von seinen Puppen zu haben, erzählte er. Und ob Mutter Nölle ihm eine Tasse Tee aufbrühen möchte? Er sei richtig durchgefroren.

Doch, das wollte sie gerne tun, und sie setzte sofort den Kessel auf.

„Ach, Sie sind am Backen", bemerkte Leonhard erfreut. „Ja, langsam wird es Zeit. Ist wohl schon etwas fertig, zum Probieren?"

Aber Lebkuchen- und Spekulatiusteig mußten noch tagelang ruhen. Auch die weißen Pfeffernüsse kamen nicht in den Ofen, bis sie oben trocken geworden waren.

„Schade", meinte Leonhard. „Für wen ist denn das alles? Erwarten Sie Besuch zum Fest, Mutter Nölle?"

„Nein, es ist für die Waisenkinder", antwortete die alte Frau. „Ich wollte so gerne noch einmal richtig backen, so wie früher immer. Und weil ich heute Hilfe hatte ... Ja, für die Waisenkinder."

„Das ist schön", sagte Leonhard. „Schicken Sie mir Bescheid, wenn alles fertig ist, und ich bringe es mit dem Wagen hin."

Mutter Nölle nahm sein Angebot gern an, und da es inzwischen spät geworden war, gingen die Tiere heim, zusammen mit Leonhard. Er versprach ihnen, daß sie mitfahren dürften, wenn er das Weihnachtsgebäck zum Waisenhaus brachte.

In der nächsten Vollmondnacht holte er einen Wäschekorb voll der schönsten Plätzchen und Kuchen bei Mutter Nölle ab. Sie war müde von der langen Arbeit am heißen Herd, aber sie strahlte, wenn sie an die Freude der Kinder dachte, für die das alles bestimmt war. Jiffy, Bonzi und Herr Schmitz sprangen flink in das kleine schäbige Auto. Zuletzt reichte Mutter Nölle noch eine große Tüte voll Gebäck für Leonhard durch das Fenster.

Er dankte ihr und fuhr ab. Mit der einen Hand am Steuer – mit der anderen schon in der großen Tüte: Er holte einen Weihnachtsmann aus Lebkuchen heraus und biß ihm den Kopf ab.

„Brrrr! Pfui Teufel!" Der Lebkuchen flog zum Fenster hinaus, und Leonhard spuckte herzhaft hinter ihm her.

„Was ist denn los?" fragten die drei Tiere, die bei dem jähen Bremsen arg durcheinandergepurzelt waren.

„Das ist eine feine Bescherung", rief Leonhard. „Jiffy, was habt ihr nur zusammengerührt, du und Mutter Nölle?"

Er versuchte ein Stück nach dem anderen von jeder Sorte, und jedesmal flog es aus dem Fenster, und Leonhard spuckte aus. Endlich lehnte er sich zurück und fragte: „Was fangen wir jetzt an?"

„Aber was ist denn?" riefen Bonzi und Herr Schmitz, während Jiffy ängstlich nach der Tüte schielte.

„Anscheinend hat Mutter Nölle sich vergriffen und statt Zucker Salz genommen. Und bei diesen Pfeffernüssen dazu noch dreimal Nelken statt einmal."

Jiffy fing an zu schnattern.

„Aha", bemerkte Leonhard trocken, „der Nelken-

pfeffer geht auf deine Rechnung. Oh, schöne Pfeffernüsse! Schöner Spekulatius! Und der Lebkuchen erst –
lebensgefährlich: lauter Bittermandeln. "

Bonzi und Herr Schmitz waren starr. Jiffy machte
sich ganz klein, er hatte ein schlechtes Gewissen.
Hatte er nicht, immer wenn Mutter Nölle nicht hin-
schaute, nochmals von allen Gewürzen in den Teig
geschüttet, weil ihm das Streuen so viel Spaß machte?
Aber das Salz und die Bittermandeln, dafür konnte
er nicht. Da hatte Mutter Nölle wohl die falsche Brille
aufgehabt.

„Ja, was tun wir jetzt nur?" wiederholte Leonhard
sorgenvoll. „Die arme Mutter Nölle darf nie davon
erfahren. Sie hat so viel Freude beim Backen gehabt,
und sie hat es so gut gemeint. Aber die Waisenkinder
sollen doch ihr Weihnachtsgebäck bekommen –"

Schnell entschlossen wendete er das Auto und fuhr
mitten in die Stadt. Vor dem Gasthaus Zum Goldenen
Löwen hielt er an. „Bleibt sitzen", sagte er, „ich bin
bald wieder da. "

Er war wirklich bald wieder da, und er war sehr
ärgerlich. „Der geizige alte Kloß", schimpfte er. „Er
will nicht. "

„Wer will nicht?" fragte Herr Schmitz.

„Will was nicht?" fragte Bonzi.

„Der Bäcker, der reiche Bäcker Peters am Markt.
Nicht mal um Weihnachten hat der Mensch ein Herz.
Weihnachtsgebäck für die Waisenkinder stiften? Fällt
ihm gar nicht ein. "

Leonhard sagte nicht, daß er dem Bäcker sein eigenes bißchen Geld angeboten hatte. Es war lange nicht genug, der Bäcker hatte ihn ausgelacht. „Und er vertrinkt an einem Abend im Goldenen Löwen mehr, als so ein Korb voll Gebäck kostet", rief der Puppenspieler voll Ingrimm. Er überlegte. „Ich habe eine Idee", verkündete er, auf einmal wieder lustig. „Vielleicht glückt es, vielleicht glückt es nicht. Versuchen wollen wir es."

Und während der Wagen weiterrollte, erklärte er den drei Tieren, was er im Sinn hatte und was jeder von ihnen tun sollte. Das kleine Auto war sofort voller Fröhlichkeit, so gut gefiel ihnen Leonhards Idee.

Als der reiche Bäcker Peters um Mitternacht vom

Stammtisch heimkehrte, schwankte er bedenklich. Auch wurde es ihm nicht leicht, die Haustür aufzuschließen. Und als er aufgeschlossen hatte, fiel er beinahe ins Haus. Das Zuschließen vergaß er.

„Flink hinein", flüsterte Leonhard. Drei kleine Gespenster schlüpften lautlos in das Bäckerhaus.

„Wartet, bis er eingeschlafen ist, und dann gebt es ihm – aber tüchtig!"

Der Bäcker lag auf seinem Bett, noch in den Kleidern, und schnarchte, daß es ein Greuel war.

Mit einem Satz war Jiffy auf dem Kleiderschrank, und von dort oben sprang er mit voller Wucht dem Bäcker auf die Brust. Der fuhr aus dem Schlaf auf und sah vor sich, ganz dicht vor sich ein Affengesicht, das wütend die Zähne fletschte. Gleichzeitig fühlte er auf

seinen Füßen etwas Schweres, das böse knurrte. Und unter dem Waschtisch hervor kam auch ein Tier! Ein Tier wie ein Fuchs!

Der Bäcker stöhnte. Ein Fuchs in seinem Haus, mitten in der Stadt? In seinem Schlafzimmer? Das gab es doch nicht. Das konnte nur heißen, daß er verrückt geworden war.

Jiffy nahm ein winziges Stück Bäcker zwischen seine harten kleinen Affenfinger und kniff. Bonzi grollte lauter, und Herr Schmitz kam langsam, langsam näher. Es war sonderbar, vor dem Fuchs schien der Bäcker die größte Angst zu haben. In dem fahlen Mondlicht war selbst das vertraute Schlafzimmer unheimlich.

Dann heulte und wimmerte etwas ganz entsetzlich in dem dunklen Haus, und eine dumpfe Stimme rief: „Die Waisenkinder, die armen Waisenkinder! Kein Herz, kein Herz für die Armen!"

Der Mitternachtsspuk war verschwunden.

Ein paar Tage später stand in der Zeitung, daß dem Waisenhaus von einem unbekannten Spender ein großer Korb Weihnachtsgebäck geschenkt worden sei. Mutter Nölle lächelte leise, als sie es las. Leonhard aber lachte laut.

Im Gasthaus Zum Goldenen Löwen wunderten sich alle, wie mäßig Bäcker Peters geworden war. Und das über Nacht.

144

18

Für die drei aus der weißen Schachtel war diese Nacht noch nicht zu Ende, als sie nach dem Spuk bei dem geizigen Bäcker auf den Dachboden zurückkamen. Dort wartete nicht nur der Gerümpelzwerg auf sie, sondern diesmal auch die Mondfrau.

„Schön, daß ihr schon wieder da seid", begrüßte sie die Heimkehrenden erfreut. „Es gibt heute etwas Wichtiges zu besprechen, etwas, das euch angeht."

Sie lächelte, also war es etwas Gutes, das sie ihnen zu sagen hatte. Jiffy, Bonzi und Herr Schmitz setzten sich zum Gerümpelzwerg, der seine Daumen drehte und behaglich nickte. Sie sahen die Mondfrau gespannt an.

„Heute", begann sie, „seid ihr zum zwölften Mal ausgegangen, um zu spielen oder etwas zu erleben. Ein ganzes Jahr lang, in jeder ersten Vollmondnacht sollte euch das erlaubt sein, so habe ich es damals versprochen. Das Jahr ist um; habt ihr je darüber nachgedacht, was jetzt aus euch werden soll?"

Jiffy hatte es bestimmt nicht getan, soviel war sicher. Herr Schmitz und Bonzi dagegen senkten traurig die Köpfe.

„Zurück in die weiße Schachtel", murmelte Bonzi und schluckte.

„Auf immer", fügte Herr Schmitz hinzu und schluckte auch.

Die Mondfrau schüttelte den Kopf. „Glaubt ihr wirklich, ich könnte so grausam sein, ich würde euch wieder in die weiße Schachtel verbannen, nachdem ihr erfahren habt, was Freiheit ist? Was für dumme kleine Tiere! Jetzt werdet ihr mir sagen, was jeder

von euch sein möchte, was für ein Dasein euch am schönsten dünkt. Und ich werde euch geben, was ihr euch wünscht."

Auf dem Dachboden war tiefe Stille.

146

„Nun, ist die Freude so stumm?" scherzte die Mondfrau, wie schon einmal.

Und ganz wie damals antwortete Herr Schmitz:
„Wir können es nicht glauben."

147

„Ja, ihr müßt aber", meinte die Mondfrau heiter. „Versucht es nur."

„Ist es denn wirklich wahr?" fragte Bonzi zaghaft.

„Jede Silbe", bestätigte der Gerümpelzwerg.

„Dann möchte ich ein freier Fuchs im Walde sein!" rief Herr Schmitz.

„Genau was ich mir gedacht hatte", sagte die Mondfrau. „Bonzi?"

„Ich möchte einem Jungen gehören und nachts vor seinem Bett schlafen, als wirklicher Hund", bat Bonzi.

„Natürlich", antwortete die Mondfrau. „Und Jiffy, – möchte er ein wirklicher Affe in Afrika sein?"

Zum Erstaunen aller flog Jiffy der Mondfrau um den Hals, verbarg sein Gesicht in ihrem Silberkleid und stieß jämmerliche Laute aus.

„Aber Jiffy!" riefen Bonzi und Herr Schmitz. „Freust du dich denn nicht? Willst du kein richtiger Affe werden?"

Jiffy klammerte sich nur fester an die Mondfrau und blickte ängstlich von einem zum anderen.

„Jiffy weiß vielleicht nicht, was er am liebsten möchte", meinte die Mondfrau, „wir müssen ihm helfen. – Wie ist es, Jiffy, möchtest du zu Leonhard ziehen und alle Tage Theater spielen?"

Das Äffchen machte ihr deutlich klar, daß es das nicht wollte.

„Willst du etwa zu einem Zirkus oder in den Zoo?"

Da brach es aus Jiffy heraus: Jacko und das Elend, in dem Jiffy ihn gefunden hatte. Hunger und Durst und Verlassenheit – niemand hatte Jacko lieb! Jiffy konnte das alles nicht vergessen, und er fürchtete sich vor einem solchen Leben. „Jiffy will bleiben, was Jiffy ist", bettelte er flehentlich.

„Aber Jiffy, willst du denn allein in der weißen Schachtel liegen?" sorgte sich der Gerümpelzwerg.

Das hatte Jiffy nicht vor. „Zu Beti", wimmerte er, „Beti Bonbons."

Erleichtert atmeten alle auf. Das war eine großartige Lösung, das war für Jiffy wirklich das allerbeste. Beti Bonbons und ihr kleiner Laden, in den so viele Kinder kamen! Da konnte Betis Hand geschwind in das Plüschsäckchen fahren – und Jiffy nickte den Kindern zu und trieb seinen Unsinn, bis die Kinder lachten und schließlich laut jubelten. Und wenn niemand im Laden war, konnte er oben in einem der Bonbongläser stecken, die Arme über den Rand gehängt: ein Kasperle aus dem Affenreich.

Jiffy guckte der Reihe nach in alle vier zustimmenden Gesichter. Ein verschmitztes Licht stahl sich in seine dunklen Augen. „Jiffy klug!" verkündete er.

Die Mondfrau erhob sich. „Morgen", versprach sie, „komme ich wieder und führe euch in die Freiheit. Schlaft noch diese Nacht in der weißen Schachtel, und schlaft recht gut!"

In dieser Nacht fiel der erste Schnee. Und auch den ganzen nächsten Tag lang schneite es. Die Mondfrau und die drei kleinen Tiere traten in eine weiße Welt.

149

Das verschneite Feld dehnte sich unberührt und sehr weit vor ihnen. Dahinter stand hoch der Winterwald. Herr Schmitz war der erste, der von ihnen gehen würde.

„Lebt wohl, Jiffy und Bonzi", sagte er, denn die Mondfrau war stehengeblieben. Von dem Gerümpelzwerg hatte er sich auf dem Dachboden verabschiedet, denn der verließ das Haus nie. Nun blickte er zu der Mondfrau auf, fragend. Sie lächelte – und ein großer, schöner Fuchs lief über das weiße Feld, auf den weißen Wald zu.

„Grüß Brock!" rief Bonzi ihm nach.

Da zischte es in der Luft, und Fliegeweg-Beti, Beti Bonbons, kam auf ihrem Besen herangeblitzt. „Ich darf mich nicht aufhalten", rief sie, „nicht einen Augenblick! Muß gleich wieder zurück! Her mit dir, Jiffy."

Sie kam nicht einmal ganz bis auf die Erde, so eilig hatte sie es.

Jiffy streichelte Bonzi noch einmal. Wie oft hatte er das seit gestern nacht getan! Dann legte er die kleinen Arme der Mondfrau um den Hals. Sie flüsterte: „Sorg dich nicht mehr um Jacko. Ich werde ihn finden und mich um ihn kümmern." Sie nahm Jiffy – eine kleine Handpuppe – und reichte ihn Beti hin. Schon stieg der Besen. Da zogen sie hin, Beti Bonbons und Jiffy, fort in das Land Wales.

„Komm, Bonzi", sagte die Mondfrau gütig, „ich zeige dir, wohin du gehen mußt."

150

Sie kehrten um und gingen in die Stadt zurück. Fern am Waldrand saß ein Fuchs und sah ihnen lange nach.

19

Kurz vor Heiligabend wurde bei Karlheinz das Oberste zuunterst gekehrt. Sie zogen um. Aus ihrer engen, unbequemen Stadtwohnung heraus in eine hübsche, eben erbaute Siedlung weit draußen, wo es Wiesen und Felder und große Obstgärten gab. Und weil Karlheinz' Mutter nur einen Wunsch hatte – das Weihnachtsfest schon in der neuen Wohnung zu feiern –, strengten sich alle riesig an, und sie brachten es wirklich fertig.

Zwei Tage vor dem Fest saßen sie in der neuen blanken Küche und sagten glücklich: „Jetzt kann Weihnachten kommen, jetzt sind wir bereit."

In diesem Augenblick fiel Vater ein, daß noch kein Geschenk für Karlheinz da war. Das hatte er bei all der Arbeit und Aufregung ganz und gar vergessen.

„Karlheinz", sagte er, „wünsch dir mal fix was zu Weihnachten."

„Einen Hund", rief Karlheinz sofort.

„Einen Hund?" wiederholte sein Vater verdutzt. „Wo soll ich so schnell einen Hund für dich finden? Wünsch dir lieber etwas anderes, mein Junge."

„Immer hast du gesagt, wenn wir erst einmal drau-

152

ßen wohnen, dürfte ich einen Hund haben", sagte Karlheinz vorwurfsvoll. „Und nun soll ich mir schnell etwas anderes wünschen, wo ich fast das ganze Jahr auf meinen Hund gewartet habe!"

„Er hat recht", half ihm die Mutter. Sie sagte das nicht nur um der Gerechtigkeit willen, sondern weil sie selbst auch gern schon lange einen Hund gehabt hätte. „Du mußt dein Wort halten", sagte sie. „Geht nur gleich los und seht zu, ob ihr nicht doch irgendwo einen Hund auftreiben könnt."

Der geplagte Vater machte sich mit Karlheinz auf den Weg. Sie gingen zu Herrn Mittler in der Brückenstraße, der mit Goldfischen, Kanarienvögeln und Hamstern handelte und mit allem, was solche Tiere brauchen. Gelegentlich hatte er auch junge Hunde zu verkaufen. Einen Tag vor Weihnachten natürlich nicht. Nicht einen einzigen hatte er übrigbehalten.

„Tut mir leid", sagte er, nachdem er mehrere Hundezüchter angerufen hatte. „Nichts zu machen. Nicht vor Februar."

Karlheinz sah sehr niedergeschlagen aus. Sie wollten schon gehen, da fiel Herrn Mittler etwas ein.

„Warum gehen Sie nicht zum Hunde-Asyl und versuchen es da?" meinte er.

Hoffnungsvoll blickte Karlheinz auf.

„Hier", sagte Herr Mittler und kritzelte schon eine Adresse auf einen Zettel. „Straßenbahn 3, ganz am Ende."

Der Vater nahm den Zettel und bedankte sich. Karlheinz' Herz wurde um Pfunde leichter.

Sie stiegen in die Straßenbahn 3 und fuhren bis zur Endstation. Das Hunde-Asyl „Willkommen" war leicht zu erkennen. Vor dem Haus war ein Garten, und in dem Garten stand ein schöner geschnitzter Wegweiser. Darauf kroch ein magerer, elender Hund auf einen Mann zu, der ihm die Hand entgegenhielt. Karlheinz sah sich diesen Wegweiser genau an. Er dachte, das müsse ein guter und freundlicher Mann sein, der einen so häßlichen Köter aufnahm.

Und es war ein guter und freundlicher Mann, der an die Tür kam und fragte, was sie wünschten. Herr Mittler war auch freundlich gewesen, aber das war er, weil er an seine Kasse dachte. Mit Herrn Friedemann war es etwas ganz anderes. Der dachte an keine Kasse. Er dachte nur an die armen Tiere, für die er sorgte, und seine Freundlichkeit kam aus dem Herzen.

„Ja, dann kommen Sie mal mit", sagte Herr Friedemann, als der Vater ihm erklärt hatte, warum sie hier waren. Er führte sie auf einen geräumigen Hof, der mit Maschendraht in mehrere Zwinger eingeteilt war.

Hier gab es Hunde genug. Hunde aller Art – vor allem solche, die nur ein Hund und doch mehrere Arten waren. Sobald sie die Besucher gewahrten, stieg ein vielstimmiges Gekläff und Gebell auf. Die Hunde stürzten sich gegen die Gitter und regten sich

154

gewaltig auf. Nur ein paar alte blieben liegen, wo sie waren, in ihrem Stall im warmen Stroh.

„Nun, mein Junge", fragte Herr Friedemann, „siehst du einen Hund, der dir gefällt?"

Karlheinz sah die Hunde an. Es gab hier große und kleine, gelbe und schwarze, glatte und zottige Hunde – aber sein Hund war nicht dabei. Sein Hund, das wußte er, war nicht zu groß und nicht zu klein, er war goldbraun und glatthaarig. Nein, Karlheinz sah hier keinen Hund, der ihm gefiel. Etwas verlegen schaute er um sich.

Sein Hund saß in einem kleinen Zwinger ganz für sich allein, die Augen fest auf Karlheinz gerichtet. Er war nicht zu groß und nicht zu klein, goldbraun und glatthaarig – und wie seine Augen leuchteten!

Karlheinz ging zu ihm hin.

„Aha", meinte Herr Friedemann, „der da – ja, das ist etwas ganz Besonderes. Ein junger Boxer, reinrassig, sehr gesund und kräftig. Und einen gutmütigeren Hund könnten Sie lange suchen! So etwas finden Sie nicht oft in meinem Asyl."

„Wie ist er denn zu Ihnen gekommen?" fragte der Vater.

„Man hat ihn mir vor einiger Zeit gebracht, er scheint sich verlaufen zu haben. Ich habe schon mehrere Anzeigen in die Zeitung setzen lassen, aber niemand hat sich gemeldet. Ich denke, er ist aus einem durchfahrenden Auto gesprungen, und sein Herr ist wer weiß wie weit weg."

Dabei hatte er die Zwingertür aufgemacht, und Karlheinz nahm den Hund in seine Arme. „Jetzt hat er mich“, sagte er.

„Langsam, langsam“, bat sein Vater. „Was soll er denn kosten? Ein so schönes Tier ist doch sicher teuer?“ wandte er sich an Herrn Friedemann.

„Ich habe die Hunde nicht zum Verkaufen hier“, sagte dieser. „Sie sind meine Schützlinge. Bezahlen Sie mir die Kost für zwei Wochen und die Anzeigen, das ist alles. Die Hauptsache ist mir ein gutes Heim für den Hund.“

Kost für zwei Wochen und die Anzeigen – doch, das war dem Vater nicht zuviel. Er legte sogar noch etwas zu, denn Herrn Friedemanns gutes Werk hatte einen großen Eindruck auf ihn gemacht.

Und nun durfte Karlheinz seinen Hund an die Leine nehmen und ihn aus dem Zwinger führen.

„Ich werde ihn Bonzo nennen", erklärte er, rot vor Glück und Stolz.

Bonzi wäre auch gern rot geworden vor Glück und Stolz. War es denn möglich – er war bei Karlheinz! Karlheinz war sein Herr, und obendrein hieß er nun Bonzo. Mit einem O.

Jetzt paßte es zu ihm, denn er war kein kleiner dummer Bonzi mehr. Er war beinahe erwachsen, er war ein wirklicher Hund, er hatte einen Herrn.

„Und er wird vor meinem Bett schlafen", verkündete Karlheinz.

Sein Vater blickte ein bißchen zweifelnd drein, aber Herr Friedemann nickte beifällig.

„So ist es recht", sagte er. „Ein Junge und sein Hund, die sollten immer beieinander sein."

20

Ein Dachboden kann der friedlichste Ort der Welt sein oder . . .

Der friedlichste Ort der Welt ist er, wenn alles immer schön ruhig an seinem Platz bleibt. Wenn nichts in weißen Schachteln winselt und rumort. Wenn die Spinnen ungestört ihre großen kunstreichen Netze weben können, da kein springlebendiges Äffchen an seinem Schwanz zwischen den Balken schwingt und ihre geduldige Arbeit vernichtet.

Wenn die Lampe mit dem rosa Glasschirm ungefährdet auf dem zerbrechlichen Tischchen steht, weil kein ungeschickter kleiner Hund aus Versehen gegen das Tischbein rennt.

Wenn die Stille so fest darin sitzt wie eine alte Bruthenne auf ihren Eiern, und kein neunmalkluger Fuchs an seinen unwissenden Gefährten herumerzieht.

Am Tage regt sich nichts da oben, nur die Sonnenstäubchen, die lautlos auf und nieder tanzen. Ebenso lautlos kommt in der Nacht das Mondlicht durch die Dachluken.

Der Gerümpelzwerg sitzt oben auf der weißen Schachtel, die jetzt leer ist. Er hat das eine Bein über das andere geschlagen und wippt gedankenvoll mit seinem Fuß.

Eben ist die Mondfrau hiergewesen. Sie hat in ihrer sanften Helle vor ihm gestanden und gesagt: „Sie sind gut untergebracht, alle drei. Nun kannst du wieder wie früher deine Ruhe genießen, mein alter Getreuer."

Aber der Gerümpelzwerg hat geantwortet: „Ich werde sie sehr vermissen – meine drei lieben Tiere."

Denn sein Dachboden ist der langweiligste Ort der Welt, seit die weiße Schachtel leer ist.

Die Turmuhr schlägt eins, und er ist verschwunden, schneller als eine Maus in ihr Loch fährt.

Delphinensommer

von Katherine Allfrey

Andrula lebt mit ihrer Mutter auf der griechischen Insel Ka-
lonysos, dort, wo sich ein dichtes Gewürfel kleiner weißer
Häuser über dem Ägäischen Meer türmt und braune Boote sich
in einem winzigen Hafen drängen. Der Vater ist vor Jahren
vom Schwammtauchen nicht zurückgekehrt.
Ein Delphin trägt Andrula eines Tages zu dem verwunschenen
Eiland Hyria, das von allen Fischern ängstlich gemieden wird.
Dort lernt sie die Töchter des Meeres kennen, die anmutigen
Nereiden, trinkt aus dem Silberquell der Nymphe Kallisto
und ist unsagbar glücklich – bis ihr Geheimnis plötzlich ent-
deckt wird . . .

DELPHINENSOMMER wurde mit dem Deutschen Jugendbuch-
preis ausgezeichnet.

CECILIE DRESSLER VERLAG · BERLIN